Nika Sachs

Namenlos

Novelle

Für Sandra »Business« Wagner

∞

Wir alle haben unsere geheimen Geschichten

Impressum

Bibliografische Information der Deutschen Nationalbibliothek:
Die Deutsche Nationalbibliothek verzeichnet diese Publikation in der Deutschen Nationalbibliografie; detaillierte bibliografische Daten sind im Internet über http://dnb.dnb.de abrufbar.

TWENTYSIX – Der Self-Publishing-Verlag
Eine Kooperation zwischen der Verlagsgruppe Random House und BoD – Books on Demand

© 2017 Nika Sachs

Herstellung und Verlag:
BoD – Books on Demand, Norderstedt

ISBN 978-3-740-77074-7

Lektorat und Korrektorat: Michaela Stadelmann
Covergestaltung und Satz: Carolin Summer/Nika Sachs
Sensitivity Reading: Eva-Maria Obermann

Zu diesem Buch

Dies ist eine fiktive Geschichte. Jedoch nimmt sie Bezug auf real existente Künstler, Filme und lokalspezifische Gegebenheiten. Auf Fußnoten wird hierbei verzichtet. Im Anhang befinden sich dafür einige Anmerkungen zum Nachlesen.

Ypsilon

Schwarz wie die Nacht, der Toast-Tod am Morgen. Verkohlt, zu spät, das Beste draus machen, denkt er sich. Abkratzen. Zumindest das Acrylamid, das sich durch den chemisch-physikalischen Prozess am Brot festgesetzt hat.

Abkratzen ist nicht verkehrt, es steckt so viel dahinter: Flüchtlingsboote, Eis an der Windschutzscheibe, der Commerzbank-Tower, der an den Wolken kratzt. Abgekratzt ist sowohl die Beziehung als auch der Protagonist des Buches, das er gerade liest. Jörg Immendorff hieß er und war ein zeitgenössischer Künstler, Freigeist und Anhänger des berühmt-berüchtigten Beuys. Abgekratzt deshalb, weil er an der unheilbaren amyotrophen Lateralsklerose verendet ist, wenn man das so sagen kann. Gerade hat der namenlose Schreiberling, das Beobachtungsobjekt dieser Geschichte, irgendetwas zum Thema Tod gelesen. Ob es einen guten Tod gibt. Gibt es den?

Vielleicht.

Das Resultat ist aber auch wurst, findet er.

Namenlose Gedanken brauchen auch keinen benannten Verfasser, ist die Devise der letzten Wochen. Oder Verfasserin, natürlich. Wochen geht das schon. Zum Handlungszeitraum des nicht so arg dicken, aber dennoch liebevoll-boshaften Buches, das er liest, war noch lange keine Rede von Ice Bucket Challenge und schon gar nicht von Massendatenspeicherungen und Wikileaks. 2007. Da war Facebook gerade erst auf dem

Weg in die Köpfe der Bevölkerung, die auch noch nicht mit Smartphones breitbandversorgt war.

Die Wohnung auf der Berger ist unendlich laut. Dafür zentral und das Leben inspiriert ihn meist beim aus dem Fenster sehen. Heute nicht. Wie auch schon die ganzen anderen Tage zuvor nicht. Sonntagvormittag und der Kopf, der Gott sei Dank festgewachsen ist, damit es nicht reinregnet, ist leer. Aber es regnet nicht und die Wände der Wohnung erdrücken die Synapsen, die in der Leere des kleinen Universums umherflirren.

Seit drei Stunden läuft der Song auf Dauerschleife, der Loop seiner Stimmung, und doch vermag aus der trüben Hoffnung auf einen Gedanken aus dem Flow heraus keine Idee zünden. Gold, so heißt der Song von Chet Faker und hat den Rhythmus des Tages zum Programm. So eine rollschuhfahrende Muse wie im Musikvideo könnte ihm jetzt auch mal am Fenster vorbeifahren.

Die Wohnung ist schon länger fast leer, nur die Matratze auf dem Zehn-Euro-Rollrost, die Klamotten in zwei Kisten, der Schreibtisch und die weiße Wand dahinter. Und die weiße Wand davor. Eigentlich sind die Wände überall weiß, zum Glück muss man ja, wenn man es richtig anstellt, immer nur eine ansehen. Somit hält sich das Trauerspiel in Grenzen und ihr Auszug ist erträglich.

Die Frau, die hier mit ihm gewohnt hat, sie hat im Gegensatz zu ihm einen Namen. Miriam heißt sie und wäre in zwei Monaten Miriam mit dem neuen Nachnamen geworden, hat es sich aber bereits vor einem halben Jahr anders überlegt. Der Nachname vom Vornamenlosen hat ihr wohl nicht so gut gefallen, wie es scheint. Komisch, dass ihr das so nach viereinhalb Jahren Beziehung aufgefallen ist. Tatsächlich war das ihre doch mehr als dürftige Begründung, die sie auf dem kleinen Zettel auf dem Schreibtisch hinterlassen hat. Weil sie nicht raucht, hatte es auch keinen Sinn für sie gehabt, mal eben schnell Zigaretten kaufen zu gehen und davon nie wieder zurückzukommen.

Nein, sie hat ihn verlassen und ist wieder vergeben, denkt er sich. An einen Gesellschaftskämpfer, genau wie sie. Sympathisch und gut aussehend. Gebildet auch. Miriam wollte schon immer nach Afrika, hat da ihr Freiwilliges Soziales Jahr gemacht, die Kultur ist ihr nicht fremd, sie hat sich in sie verliebt. Ob das Liebe oder Idealismus war und ist, möchte die Geschichte noch nicht preisgeben. Soll sie mal, ist sie doch so oder so ihres eigenen Peches Koch, die Federn dazu hat der Namenlose schon gelassen. Drei Monate lang, wenn man es genau nimmt. Hungerstreik und nahender Alkoholismus. Koks kann er sich leider nicht leisten, was aber seiner Denkblockade nicht so einen Aufwind gegeben hätte wie der Alkohol. Dafür dem Gottkomplex, den das Zeug so mit sich bringt. Den bemerkt er vor allem oft in der Chefetage. Die Denk- und Schreibblockade ist jetzt das Resultat aus dem Absturz, dem Verlust des Bezugs zu sich selbst und dem bodenlosen Fass, der Zuber, in dem der Namenlose sitzt. Dreckwasser, voll mit verunreinigten Gedanken und Erinnerungen an diese Frau, die seinen Namen nicht haben will. Die einzige Beziehung zu einer weiblichen Stimme hat er im Moment zu Siri. Traurig, irgendwie.

»Des muss emal e End habbe, mit Ihne!«, sagt die Nachbarin auf dem Hausflur, den der Namenlose gerade betritt. Sie ist eine Nachbarschafts-Stalkerin, die Bornheimer Stasi, wenn man das so sagen kann. Die gute Durchschnittsbürgerin mit dem brutalen Frankfurter Dialekt und dem krusseligen Dutt. Sie ist halt nett und hat diesen Tante-Emma-Touch. Neugierig ist sie so oder so, sorgt sich aber um ihre Opfer, die sie mit liebevoller Mütterlichkeit am Fenster beobachtet. Dabei schaut ihr Yorkshire zu, der zum Glück kein Schleifchen auf dem Kopf hat. Aber sie lebt ja auch alleine, der Onkel zur Tante ist schon ewig tot, bestimmt zehn Jahre. Sie ist mindestens Mitte sechzig, wenn man das anhand ihrer Furchen im Gesicht so beurteilen kann. Quasi die Dreifaltigkeit auf der Stirn. Dass er sich das auch so manches Mal schon gedacht hat, antwortet er und schenkt ihr ein gequältes Lächeln. Sie nickt das nur ab und atmet tief durch, ehe sie wieder den Wischmopp hin- und herschiebt.

Das ekelhafte, flappende Geräusch verhallt im Hausflur, als er die Treppen zur Haustür hinunterläuft. Raus, atmen, noch mehr Luft in den leeren Kopf lassen und hoffen, dass dazwischen irgendwo ein Gedanke, eine Idee, ein Hauch einer Ahnung umherfliegt. In quantenphysikalischen Größenordnungen, versteht sich. Aber in

Zeiten wie diesen muss man nehmen, was kommt. Unterzuckerung, wieder hat er zu wenig gegessen und getrunken eigentlich auch – zumindest frei von Umdrehung.

*

Halb elf durch, das Ypsilon hat auf jeden Fall offen und vielleicht einen Tisch frei. Scheiße kalt ist es geworden, jetzt, wo es fast Winter ist. Aber die Kälte, die von innen herauskommt, ist noch massiv unangenehmer und vor allem unberechenbarer. Mittlerweile ist der nicht einmal fünf Minuten lange Weg von der Wohnung zum Café schon im Blindflug einprogrammiert. Alle paar Tage macht er das in der Hoffnung auf Inspiration.

Die Geräuschkulisse ist wie immer angenehm wirr, ein bisschen leer für einen Sonntagvormittag, findet der namenlose Schreiber mit der Blockade. Dafür ist der Platz in der Ecke neben dem Fenster noch frei. Perfekt, um sich vor der Welt zu verstecken und diese doch aufmerksam zu beobachten. Die Geschichte wird wieder lebendig und das Buch liegt aufgeschlagen vor ihm auf dem Tisch. Aber heute läuft es andersherum, denn obwohl der Schreiber den Immendorff bei seinen letzten Atemzügen begleitet, wird ihm dieser intime Moment mit dem Künstler nicht vergönnt. Den Blick kann er förmlich auf sich liegen fühlen. Unangenehm starr und fragend. Fast schon mit vulgärer Intensität sieht ihn diese Frau an, die zwei Tische weiter sitzt und das Gesicht in die Hand gestützt hat.

Weil das schon eine Weile so geht, beschließt der Schreiber, ohne einen weiteren Impuls von ihr, doch mal eben aufzusehen. Noch immer liegt ihr Blick ruhig auf ihm, trifft für einen kurzen Moment auf das schwarze und luftige Nichts hinter seinem Seelenfenster und wird dann unmerklich weicher.

»Haben Sie mal was von ihr gesehen?«, fragt die Fremde ohne Vorwarnung. Dass sie die Frau von Immendorff meinen muss, ist ihm klar, so viele Frauen kommen in dem Buch ja nicht vor, die etwas schaffen, das man sich ansehen könnte.

Weil er ihre Frage nicht mit einem Ja beantworten kann, schüttelt er nur langsam den Kopf und wartet auf einen weiteren Kommentar von der Frau, die er bei genauerem Betrachten schon einmal hier gesehen hat. Eigentlich sogar oft schon. Weil er aber nicht nach Gesprächen, sondern nach Ideen sucht, ist sie ihm als Teil des Café-Versums auch nicht großartig aufgefallen. Mit dem Inventar verschmolzen. Sie ist vielleicht in seinem Alter, Ende zwanzig, Anfang dreißig und eigentlich auch nicht unansehnlich. Im Gegenteil, aus rein objektiver Sicht macht sie was her, hat diesen schwarzen Pulli mit dem übergroßen Kragen an und kurze rotbraune Haare. Ziemlich kurz.

Sie spielt mit dem Kaffeelöffel rum, dreht ihn zwischen ihren Fingern in alle Richtungen. Es folgt keine Antwort von ihr, nur ein homöopathisches Lächeln, das sie ihm zuwirft, und ihr Blick geht wieder verträumt auf die Tasse, danach kurz zur Wand und noch einmal kurz zu ihm rüber. Aber er liest bereits weiter in seinem Buch, versucht, sie zu ignorieren. Dabei hat sie so etwas an sich, was man eine böse Aura nennen könnte, ein Gewittergrollen, das einem die bevorstehende Apokalypse verkündet. Von mittelschweren Umweltkatastrophen und apokalyptischen Frauenfiguren hat er eigentlich genug. Trotzdem kann er es nicht lassen, sie wenigstens noch einmal für einen Bruchteil einer Sekunde anzusehen, weil sie mindestens weiß, wer Immendorff ist, und das Buch gelesen hat.

Die Blicke der beiden Akteure im Raum treffen sich und schaffen eine seltsam beleuchtete Bühne, die keine Zeit und keinen Raum kennt.

»Entschuldigen Sie bitte«, sagt sie und lächelt ihn verlegen an. Volle Breitseite. Ein Lächeln, das mehr ihren Augen entspringt als ihren Lippen.

»Kennen Sie sich aus mit Oda?«, fragt er sie trocken und schlägt das Buch fast lautlos zu, obwohl er nur noch vier Seiten zu lesen gehabt hätte.

»Auskennen kann man das nicht nennen, interessieren vielleicht.«

»Was ist Ihre Erkenntnis zum derzeitigen Standpunkt?«, will der Namenlose wissen und ist bereits unbewusst in ihrem Netz kleben geblieben. Aber sie ist keine Schwarze Witwe, eher ein Fisch, der sich in einem Netz verfangen hat und Hilfe braucht. Wie passend zur Thematik der momentanen Ausstellung im Ypsilon. Fischgesellschaft heißt sie. Sind wir alle in Netzen gefangen oder knüpfen wir sie nur, um das Glück einzufangen? Der erste Gedanke mit Inhalt. Seit Wochen. Jetzt muss er unweigerlich lächeln, ein Ansatz.

Sie legt den Kopf etwas schief. »Wissen Sie, was ihr Name bedeutet? Oda Jaune, der gelbe Schatz?«

Es sei ihm nicht entgangen, während er das Buch gelesen hat, sagt er darauf und ist gespannt auf die Analyse der Unbekannten.

»Ich muss immer an die Gegenüberstellung des Guten und Schlechten denken, wenn ich den Namen höre. Gelb als Farbe des Unheils, verstehen Sie?« Sie nimmt sein Nicken zur Kenntnis, das auf ihre rhetorische Frage mit zusammengezogenen Augenbrauen folgt. »Gelb als Symbol für Gold, Dekadenz, für die Pest, die Judenmarkierung im Dritten Reich, den Judas in der Bibel und die Ketzerei, Sie wissen schon. Da steckt so viel Symbolik dahinter und Immendorffs Lieblingsfarbe war wohl Gelb. Sein ganzes Leben war ein Zwiespalt aus Genialität und Verdammnis, Provokation und Anpassung, finde ich«, fährt sie fort.

Eine Klappreuse. Salzige Einbahnstraße, sozusagen.

»Mögen Sie die Werke von Oda?«

Sie macht ein nachdenkliches Gesicht und setzt an, um etwas zu sagen, verstummt dann aber wieder. Sein fragender Blick zwingt sie zu einer Antwort. »Weichgezeichneter Surrealismus, finde ich. Ganz nett. Nicht so ganz mein Ding«, sagt sie schlicht und steht auf.

»Gehen Sie?« Er beobachtet den Rest ihrer Erscheinung mit Skepsis über seine eigene gedankliche Aussage vorhin. Leggings. In Lederoptik. Ein bisschen achtziger, aber irgendwie nicht befremdlich, findet er.

»Ich muss arbeiten, bin schon spät dran. Vielleicht sehen wir uns ja nächsten Sonntag wieder und Sie haben ein neues Buch im Schlepptau«, lacht sie, zieht dabei ihre Jacke an.

»Was ist denn eher so Ihr Ding?« Fast ein bisschen arg leise fragt er das, ehe sie außer Reichweite ist.

Für einen Moment bleibt sie stehen und starrt die Leere an, ehe sie ein Auge zukneift und zu ihm rübersieht. »Schwabe und Oehme, die sind ganz nett. Die Welle, falls Sie die Ausstellung im Städel gesehen haben.«

Sie geht einfach. Nein, eigentlich geht sie nicht einfach, es scheint nur so, denn sie hinterlässt keinen gelben Pestatem, sondern einen goldenen Schimmer.

Das Fischernetz der freien Marktwirtschaft – der Kapitalismus und seine Gräten. So wird der Artikel auf jeden Fall lauten, der nächste Woche erscheint.

Fischvogel

Sie ist spät für ihre Verhältnisse und hat ein rotes Gesicht von der unangenehm feuchten Kälte, die sie durch die Tür mit reingebracht hat. Der namenlose Schreiber hat in weiser Voraussicht einen Tisch reserviert, weil sie es nicht getan hätte. Das ist wortlose Kommunikation, die ausnahmsweise funktioniert. Er kann zwischen den Zeilen lesen, auch wenn ihm die Initiative wie ein biologisches Programm vorkommt. Dafür hat er kein neues Buch dabei, sondern die Zeitung vor sich liegen.

»Ist das Ihr ernst? Die FAZ? Sie kommen in ein Café, um sich die Nachrichten reinzuziehen, die sie doch schon seit mindestens um sieben über Twitter verfolgen? Ich bin enttäuscht!« Sie hat diesen Pseudotonfall voller Mitleid und ist damit ja nicht im Unrecht. Der Namenlose hat jedoch noch kein neues Buch auserkoren, dessen Thema ihn beflügeln könnte. Die Zeit ist begrenzt, da verschwendet man sie doch nicht an irgendein Letternwerk!

»Kann man es Ihnen denn niemals recht machen? Was ist denn falsch an den Nachrichten?«, fragt der Schreiber sie im Gegenzug zu ihrer gesprächseröffnenden Beleidigung belustigt.

»Ach, wissen Sie, wenn ich mich den ganzen Tag mit den Nachrichten befassen müsste, würde ich mich als gestrandet empfinden.« Sie lacht und kratzt sich am Kopf, setzt sich ihm gegenüber.

»Gestrandet sagen Sie? Wo? Auf einer einsamen, gedanklichen Insel, der Realität oder der Hypothese?«

»In der großen Depression natürlich, Sie Scherzkeks! Aber es sei Ihnen verziehen, immerhin scheinen Sie in derselben Depression gestrandet zu sein wie ich. Ich empfehle Ihnen, ›Bartleby & Co‹ zu lesen.« Leider hat sie damit recht, aber das Ausmaß des Desasters hat sie noch nicht erfasst.

Wie sie darauf komme, will er von ihr wissen, und lehnt sich mit verschränkten Armen zurück, zieht die Augenbrauen in trügerischer Selbstsicherheit hoch und wartet auf die Antwort.

»Offensichtlich sind Sie unglücklich, weil Sie hier nicht nach Entspannung, sondern verzweifelt nach Inspiration suchen. Ich beobachte Sie doch schon länger. Erfüllung sieht anders aus. Was sind Sie? Schriftsteller?« Noch ist das nicht bedrohlich, findet der Namenlose. Wenn die unbekannte Kunstkennerin hier so oft rumhängt, hat sie einfach den Aufmerksamkeitsbonus und kann gut kombinieren. Bevor die Tür zu seinen Gedanken wieder zu ist, fällt die ganze Mauer drum herum in sich zusammen.

»Wurden Sie verlassen? Jemand gestorben? Vielleicht hat Sie aber auch einfach die Leere des verblassten Idealismus eingeholt?«, ergänzt sie ihre Analyse und lässt den Inspirationslosen ohne Namen emotional gegen die Wand fahren.

»Die Frau ist weg und ich blogge nebenberuflich. Sonst gehe ich an mangelnder Selbstreflexion kaputt.« Er wundert sich im selben Moment darüber, dass er diese Frage nicht als Stilelement unbeantwortet lässt und stattdessen eine Gegenfrage stellt. Kein zynischer Kommentar folgt darauf von ihr.

»Wie lange ist sie schon weg?«, fragt sie stattdessen mit einer seltsam befremdlichen Distanzlosigkeit, deren ernsthafter Charakter das Netz nur noch weiter verschnürt.

»Fast sieben Monate.« Dabei wird sein Gesicht ausdruckslos. Wieder folgt keine emotionale Bewertung von ihr, sie nimmt seine Aussage einfach zur Kenntnis, fragt nicht mal nach dem Blog.

»Haben Sie den gesehen? Den Film, meine ich.«

»Welchen?«

»›Gestrandet‹, mit Sylvie Testud.«

»Nein.« Hat er nicht. Sylvie kennt er nur aus ›Jenseits der Stille‹, ein farbenfrohes Meisterwerk des Schwermuts, fast zwanzig Jahre ist der Film schon alt.

»In ›Gestrandet‹ flüchtet sie vor ihrem Leben und den Erinnerungen, die es mit sich bringt. Dabei beobachtet sie in der Einsamkeit Vögel und konfrontiert nicht nur sich, sondern auch andere Menschen mit ihren Abgründen. Aber die Vögel sind gut für die Metapher. Frei, ungebunden und ein Hoffnungsschimmer auf den Ausbruch vom innerlichen Festland, verstehen Sie? Als Ornithologe beobachtet und erfasst man deren Leben. Man analysiert sozusagen die Freiheit, die Fähigkeit, von der Welt abzuheben. Ich fand den wahnsinnig gut. Immer diese durchgängige Schwere, das typisch französische Flair darin. Eigentlich passiert gar nicht viel. Der

Film bleibt konstant dunkelblau, spannend und leise«, merkt sie an und empfiehlt dem blockierten Schreiber nach einer seinerseits wortlosen Pause den Film. »Wenn er Ihnen gefällt, hören Sie sich im Nachgang das Album ›Here be Dragons‹ vom Kilimanjaro Darkjazz Ensemble an.«

Der Namenlose hakt mit einem mehr als charmanten Lächeln nach, wieso sie davon ausgehe, dass er sich den Film antun werde. Ihre Antwort ist banal, beinahe fatal. Zumindest für ihn. Noch eine Masche enger im Fischernetz der kreativen Abhängigkeit. Diese Frau mit den kurzen Haaren und dem hübschen Gesicht scheint eine multikriminelle Institution zu sein, denn alles, was sie auf seine Frage antwortet, ist die grausame Wahrheit, die sie durch ihre Direktheit mehr als effektiv verpacken kann. Ihr trauriges Lächeln ist ihr Kapital und der Schreiber leider kein Kommunist. »Nicht für mich, ich bin nur das Mittel zum Zweck für Sie. Nein, Sie werden es tun, weil Sie auf der Suche nach Inspiration sind, ohne die Sie untergehen. Mehr nicht.«

Stille, wenn auch nur für einen Moment.

»Ich möchte nicht den Anschein erwecken, Sie zu benutzen.«

»Da sind sie nicht der Erste.« Klingt auch nicht gerade nach einer entspannten Lebenssituation.

»Es obliegt mir nicht, Sie danach zu fragen«, findet er.

Ihr Lachen verstummt wieder. Nur das leise Schmunzeln bleibt, ehe sie ihren Kaffee austrinkt. »Sind sie ein Bartleby?« Die Frage ist berechtigt, denn das Syndrom weist Merkmale auf, die in sein Leben passen. Versagung, Verweigerung und die aufkommende Depression.

»Ich ziehe es nicht vor, es lieber nicht zu tun. Ich weiß nur nicht, was ich lieber tun soll. Der Verlauf der Depression ist hoffentlich ein anderer.«

»Das *Was* gestaltet sich einfach, wenn Sie einfach konstant überhaupt etwas tun. Sie erreichen nichts durch die dauerhafte Entreizung. Die ist schon zu lange vorhanden. Jetzt wird es Zeit für Sie, sich ins Leben zu werfen. Wie alt sind Sie?« Sie hat den ironisch-sarkastischen Tonfall am Ende, den er bei Miriam so oft vermisst hat. Die sprachliche Herausforderung hat mit ihr oft gefehlt. Miriam war in keiner Weise boshaft dem Leben gegenüber. Eher naiv-verträumt, eine erwachsene Geistererscheinung ihrer kindlichen Gedankenpfade.

»Ich lebe bereits. Seit dreiunddreißig Jahren. Aber danke für die Empfehlung«, sagt er besserwisserisch.

Wieder muss sie lachen, weil er ihr so viel Angriffsfläche bietet, dass sie diese einfach schamlos ausnutzen muss. »Ach, kommen Sie schon, Sie wirken nicht wie ein Asket, eher wie ein abgestürzter Emotionsmulti, der keinen Spaß mehr an seinen Spielzeugen hat. Sie sind bestimmt ein absoluter Idealist, der gelernt hat, sich seiner verhassten Parallelwelt anzupassen.«

»Das Geld muss reinkommen, von Luft und Liebe kann man ja offensichtlich nicht leben!« Das sei korrekt, aber auch keine großartige Reflexion des eigenen Wesens, denn ohne Luft und Liebe gehe es auch nicht, sagt die Fremde, die heute aus optischer Sicht fast schon unscheinbar dasitzt. In Jeans und leuchtend grellen Sneakers. Sie bedient den Mainstream, stellt er fest, und doch hat sie etwas an sich, das sie vom Rest abhebt. Keine schiefe Nase oder etwas anderes Auffallendes in ihrer Erscheinung. Nein, sie ist einfach nur eine Frau mit kurzen Haaren, einem hübschen Gesicht und einer guten Auffassungsgabe.

Das, was sie ausmacht, ist ihre Ausstrahlung. In ihrer Aura sind Sarkasmus, Ironie und Hoffnung zugleich. Hoffnung nicht auf einen Leidensgenossen, der ihr Gehör schenkt, sondern auf einen Menschen, der in all dieser lebensfeindlichen Gedankenanalyse noch ihren eigenen melancholischen Idealismus erkennt. Sie verschenkt ihn gerne, weil sie es liebt, andere glücklich zu machen. Philosophischer Altruismus. Ihre Gedanken sind ungehörte Poesie für die Frankfurter Gosse, die Liebe zum unscheinbaren Detail. Ein ständiger Abgleich mit der Umwelt und eine hundertprozentige Aufmerksamkeit auf die Feinheiten des Lebens, ohne die man als Opfer des kreativen Triebes im Bartleby-Syndrom erstickt. Die Versagung des Lebens, Selbstaufgabe, Sinnkrise und die Flucht vor der Herausforderung.

»Ich bin da eher dem Camus zugetan, die Aufgabe meiner selbst liegt nicht in meinem Interesse«, sagt er darauf.

Die Fremde sieht ihn kurz fragend an und winkt danach unauffällig die Bedienung herbei.

»Ein Existenzialist sind Sie also? Erfüllt Sie denn diese Erkenntnis über das Wesen des Seins an sich, dem keine übergeordnete Macht vorausgehen muss?«

Ihre Frage wirft weitaus mehr Gedankengänge in ihm auf, als ihm lieb ist, aber für den Anfang sagt er einfach nur das, was als Erstes durch den Hohlraum im Kopf geflattert kommt.

»Ich lehne nur die endgültige, selbst inszenierte Selbstaufgabe ab, was nicht bedeutet, dass ich die Diskrepanz zwischen Existenz und Wesensfindung nicht bedrohlich finde.«

»Das dürfen Sie auch.«

Als sie ihre Rechnung zahlt, fragt er, ob sie wieder arbeiten gehen müsse.

»Sie sind ganz schön neugierig, Sie schreibblockierter Finanz-Hippie!«

Empörung. »Wie kommen Sie auf den Finanzhippie?«

Die Erklärung kommt so ungeschönt, dass er sich fast schon peinlich berührt fühlt. »Na, ist doch gar nicht so schwer zu durchschauen. Sie scheinen vor Ihrer angepassten Parallelwelt zu flüchten, indem Sie Ihre Freizeit mit den Gedanken fremder Menschen zu füllen versuchen. Dabei verraten Sie sich doch offensichtlich durch die fehlende Einheit zwischen Erscheinungsbild und emotionalem Bildungsstand. Für den Bildungsterroristen aus dem anarchistischen Rotstiftmilieu sind Sie doch optisch zu angepasst!« Es folgt keine Anmerkung von ihm dazu, und so beschließt die Fremde das Finale ihrer Beurteilung nach einer drehenden Handbewegung seinerseits. Eine bittende Geste zur Beendigung ihres Gedankenganges.

»Ist das ein Mantel von Boss, den Sie tragen? Was fahren Sie für ein Auto? Bestimmt einen Passat oder so. Fast neu, natürlich. Ein Jahreswagen vielleicht. Und finanziert oder geleast. Dabei leben Sie nicht gerne auf Pump, suchen eher die Absicherung. Aber Autos kauft man einfach nicht, das ergibt keinen Sinn. Wahrscheinlich aber sind Sie ein knallharter Hedonist – Blackjack und Nutten? Das Leben lässt Sie das aber nicht genießen. Sie suchen nach dem Sinn und genießen zugleich die Annehmlichkeiten der Finanzwelt, in der Sie arbeiten«, zieht sie ihr Fazit.

Vernichtend, wie er findet, weil sie eine gute Analytikerin ist und er ihr nichts entgegensetzen kann.

»Finanz-Hippie also?«, fragt er rückversichernd und reibt sich durchs Gesicht.

»Na, das sagte ich doch bereits. Finanzhaie schwimmen nicht mit den Fischen der Künstlerin Gosia, mit denen tanzen nur Hippies. Der Spagat ist schwer, ich weiß. Habe ich auch hinter mir. Aber es ist egal, wie ich finde. Glück ist doch nur die Abwesenheit von Unglück. – Und das haben Sie doch in jeder Bildungsschicht, jeder finanziellen Lage, und wenn Sie nicht ganz verballert sind, stellen Sie auch nach Jahrzehnten noch fest, dass man Idealismus nicht bezahlen kann.« Das ist ihr letzter Satz, ehe sie ihre Jacke anzieht und die Tasche von der Stuhllehne nimmt.

»Die Wohnung ist weiß, fast leer. Da ist nichts mehr übrig vom Hedonismus, nur noch das Auto. Kein Passat, im Übrigen«, sagt er so nebenbei, als ob ihre Aussage völlig irrelevant für sein Befinden gewesen sei.

»Dann ein Audi, ganz sicher. Für den Jaguar hat es noch nicht gereicht, den hätten Sie aber bestimmt gerne, oder?«

Er lächelt.

»Ich beginne, Sie für Ihre klischeehaften Analysen zu verachten!«

»Das hätten Sie nicht gesagt, wenn es anders wäre. Nun, dann hören Sie doch auf, das Klischee zu bedienen, oder genießen Sie es, dass Sie es erfüllen. Ich bin nur das Mittel zum Zweck, Ihr Spiegel der Verdammnis. Noch immer. Aber auch eine Muse muss einer Arbeit nachgehen, weil sie für den seelischen Exhibitionismus nicht bezahlt wird«, sagt sie kühl und schultert die Tasche.

»Und Sie? Sind Sie ein Hippie? Oder eine fachkundige Veganerin mit dem Hang zu Vollmondtänzen auf Gras?«

Jetzt bekommt sie dieses Glitzern in den Augen, fast schon bahnt sich ein deftiger Lachanfall an. »Steak, mein namenloser Freund. Blutig. Ich tanze auf Musik und nicht auf Gezeiten.« Bevor er ihr den Namen gesagt hat, den seine Stimmung im Begriff ist zu verraten, verweigert sie bereits ihr Gehör für ebendiesen. »Behalten Sie bitte Ihren Namen für sich, Namen sind Schall und Rauch. Die verderben einen Menschen im Ansehen, weil sie ihm eine emotionale Befangenheit anhängen, die nur hinderlich sein kann. Zumindest für ein geistreiches Gespräch.«

»Darf ich Sie wenigstens demnächst auf ein Steak einladen?«, fragt er.

»Auf keinen Fall! Ich kann Ihnen doch nicht das Gefühl vermitteln, dass Sie meine Spiritualität kaufen können. Ich bin ja auch keine Kirche, sondern eine Muse. Nein, das ist ganz und gar der falsche Ansatz, denn dann lernen Sie mal gar nicht, wie die Kreativität aus Ihnen selbst entspringt!«

Jetzt muss der Schreiber selbst lachen und winkt ab. »Ich wollte Sie nicht kaufen, Sie sind doch ein Vogel. Wenn überhaupt, möchte ich mich bedanken.« Er rechtfertigt sich und erleidet schon wieder Reflexionsschiffbruch an der Frau, die einen skeptischen Blick nach draußen wirft, ehe sie ihn mit einem Seufzen anlächelt.

»Nein, wissen Sie, Dank hat einen bemitleidenden, formal erzwungenen oder einen positiv-emotional beabsichtigten Charakter. Er ist im realen Miteinander niemals neutral. Ich möchte nicht in eine Abhängigkeit zu Ihnen geraten, weder in die eine noch in die andere Richtung. Nehmen Sie sich die Aussage der Fische von Gosia zu Herzen: Wie man in den Wald hineinruft, so lernt man heraus.« Wieder ist er ihr in ihrer Argumentationsweise unterlegen, stellt er fest und versucht, sich zu retten.

»Aus dem emotionalen Großstadtdschungel? Das wäre mal ein Anfang. Aber weil Sie ein Vogel sind, können Sie doch jederzeit wieder wegfliegen. Ich bin kein Freund von Käfigen und Fußfesseln, eher ein stiller Beobachter der künstlerischen Darbietung am Himmel.«

Für einen kurzen Moment überlegt die Fremde und macht dann mit ernstem Gesicht den Reißverschluss ihrer Jacke zu. »Wissen Sie, Paradiesvögel nisten besser nicht an der Glasfassade der neuen EZB, da ist einfach kein Schutz gegen die Geier und das Wetter.« Sie schmunzelt.

»Vielleicht möchte ich diese Aussage noch unkommentiert lassen und frage Sie stattdessen, ob Sie Lust haben, am Mittwochabend mit mir auf den Weihnachtsmarkt zu gehen?«

»Der am Römer?«

Er bejaht und schlägt 20 Uhr vor.

»In Ordnung. Hauptbahnhof, an der Straßenbahn.«

Er nickt, sie lässt ihn wortlos im Café zurück, grinst und verschwindet vor dem Fenster zur Straße hin im Nieselregen.

Pantoffeltierchen

Das Stimmengewirr in der Straßenbahn ist beinahe so unangenehm wie der Geruch darin. »Sie tanzen halbherzig übers Parkett, richtig?«, fragt sie beim Aussteigen mit diesem boshaften Grinsen.

»Wenigstens tanze ich überhaupt noch. Es könnte auch anders aussehen«, ruft er ihr nach. Die Geräusche vom Weihnachtsmarkt am Römer erdrücken den Anflug von Tiefsinnigkeit gleichermaßen mit den Jacken und Mänteln, deren Abstand zueinander mittlerweile schon im Negativbereich liegt.

»Haben Sie keine Angst hier?«, fragt sie.

Sein Blick geht analysierend über die Menge und dann wieder zu ihr rüber. Mit den Stiefeln ist sie fast so groß wie er, also nicht klein. »Vor den kaufwütigen Touristen auf jeden Fall. Vor Terroristen eher nicht so. Die habe ich in der Etage über mir auch sitzen. Nichts Neues«, stellt er fest.

Die große Fremde mit der Bommelmütze grinst wieder und nickt kommentarlos. Die beiden Akteure bewegen sich weiter auf der Bühne, die an jeder Ecke glitzert, leuchtet und klingt. Der Glühweinstand ist voll, aber noch gut sichtbar. Wenigstens etwas, denkt er sich und folgt der roten Bommel durchs Gedränge. Sie stehen ewig in der Schlange an, werden hin- und hergeschoben, verlieren sich fast zwischen den anderen, die sich hindurchquetschen. Bis zum Glühwein unterhalten sie sich nicht, beobachten nur das Treiben, sich selbst und ihr

Gegenüber oder Nebenan.

»Wie ist das so an der Börse, nerven Sie das ganze Gewusel und der Hektikpegel nicht?«, fragt sie abgelenkt und nimmt dabei einen Nussknacker in die Hand, dessen Hebel sie simultan mit ihrem eigenen Mund auf und zu bewegt.

Der Namenlose lacht leise in seinen Schal hinein und schüttelt den Kopf. Ihre Denkweise überwindet die Distanz zwischen der Leichtigkeit des Seins und dem geforderten Scharfsinn spielend. »Stehen Sie auf kaputte Börsianer oder wollen Sie die Spießer unserer Zeit einfach zur literarisch-philosophischen Revolution bekehren?«

Die Fremde nippt an ihrem Glühwein und stellt den Nussknacker zurück, der mit fast achtzig Euro so oder so zu teuer ist, wie sie findet. »Ich stehe auf gar nichts so richtig. Aber ich meine, ist das nicht Ihr Beruf? Also, Broker, da stecken potenziell die Wörter broke und broken drin. Pleite und gebrochen, ein nettes Spiel, meinen sie nicht?«

Seine Frage ist nicht beantwortet, aber die Bommelmütze zwingt ihn zu einer Aussage über seinen mentalen Zustand. »Ja, das stimmt. Vielleicht geht es mir ja gar nicht so scheiße damit, wie Sie glauben. Mir fehlt nur der Spaß daran. Es macht mich nicht mehr glücklich, zu funktionieren, weil ich unerwartet und erzwungenermaßen damit aufhören musste.«

Für die Mütze klingt das wie ein Vorwurf, dass sie ihm gefälligst mehr Inspiration verschaffen soll, von der er in Hinblick auf sein Glück profitieren kann. Dabei hat sie die Definition für den Begriff doch schon vor zwei Wochen abgeliefert. Glück sei doch nur die Abwesenheit von Unglück, sagte sie und meinte das auch völlig ernst. Von Freude war nie die Rede.

»Ist Ihnen schon einmal der Gedanke gekommen, dass Kreativität aus zwei Aspekten besteht, die mit Lebensfreude nicht zwangsläufig etwas zu tun haben?« Sie klingt ein bisschen garstig und erhält keine verwertbare Antwort auf ihren rückgewandten Vorwurf.

»Was meinen Sie damit?« Der schaltragende Namenlose mit dem Boss-Mantel macht eine Kopfbewegung in Richtung Glühweinstand.

»Sie sind einfach an Ihre Grenzen gekommen, mehr nicht. Vielleicht sind Sie es einfach nicht gewohnt gewesen, etwas nicht zu erreichen. Sie kennen sich ja aus mit Erfolgsdruck. Aber man kann ja nicht auf jedem Gebiet ein Profi sein, Frauen sind halt keine leblosen Zahlen, die man prognostizieren kann. Man kann sie nicht handeln, nur behandeln und zwar im besten Falle und Sinne des Erfinders, mit Respekt«, sagt die rote Bommel.

»Wenn sie den verdient haben, auf jeden Fall. Da wir aber alle fehlerhafte Programme in der Matrix sind, sei es mir an dieser Stelle hoffentlich verziehen, dass ich keinen Respekt aufbringen kann, nachdem mir keiner zuteil wurde. Außerdem stimmt das nicht: Zahlen haben eine Seele, sie sind lebendig und dynamisch. Haben Sie mal ›Der Zahlenteufel‹ gelesen, wenn wir schon dauernd über Bücher reden?«, klugscheißt der Schaltragende zurück. Die Mütze lacht daraufhin laut los und verschränkt die Arme, ehe sie den Kopf schüttelt und seufzt. »Klar habe ich den gelesen! Vielleicht war ich etwas zu stark voreingenommen. Ich nehme das mit dem Respekt zurück, ich traue Ihnen eine reflektierte Umgangsweise mit Emotionen zu. Sonst wären Sie ja nicht in dieser Misere, in der Sie sich gerade befinden«, räumt sie ein und zwinkert.

Irritation.

Keine weitere Konfrontation, das Thema scheint beendet für sie. Den zweiten Glühwein trinken sie konversationslos noch am Stand und bewegen sich danach vom Römer Richtung Eiserner Steg, was sich durch die Menschenmassen mehr als eine halbe Stunde zieht. Der Geräuschpegel sinkt allmählich und die Frage zu den Aspekten der Kreativität hat wieder Raum, sich im Vakuum der Synapsen zu entfalten.

»Welche Aspekte haben Sie vorhin bezüglich der Kreativität angesprochen?«, fragt er sie.

Eine Weile überlegt die Fremde beim Laufen und lässt ihre Gedanken auf der Brücke aus dem Käfig. »Na, der eine Aspekt ist der Trieb, der innere Zwang zum Erschaffen. Wenn Sie den nicht haben, ist kein Motor in der Gedankenmaschine vorhanden. Dann fehlt Ihnen irgendwie die Gabe, aus den Ihnen gegebenen Infos einen Plan zu erstellen. Und der andere Aspekt ist der Reizimpuls. Innen- und Außenweltkonflikt. Irgendwo kommt die Idee immer her, also entweder durch einen inneren oder einen äußeren Impuls. Der von außen kommende ist einfach. Das sind die Geschehnisse, deren Aussage wir durch die Analyse auffangen und möglichst spektakulär zusammensetzen, auseinandernehmen und wieder auswerfen. Der Impuls von innen heraus ist ein Teil unseres Wesens, unserer Seele, denke ich. Eine gegebene Funktion, die trainiert werden muss, damit sie stärker wird. Also den Trieb zum Erschaffen, meine ich. Ein Thema aus dem Nichts zu holen, ist schon eine Leistung. Was daran im Endeffekt auch Teil einer weit zurückliegenden Erfahrung ist, sei dahingestellt. Aber der Trieb, zu erschaffen, ist eine spärlich gesäte Funktion bei der menschlichen Rasse, die es uns ermöglicht, uns neu zu definieren, wenn wir mit den erlernten Standardmethoden keine Kommunikation mehr zwischen den einzelnen Stämmen und Sippen betreiben können«, philosophiert die Bommelmütze mit kurzen Gedankenpausen vor sich hin und wartet auch fast ebenso lange auf eine Beurteilung ihres Gedankens.

»Sie glauben, die Kreativität ist ein kleiner Gottkomplex, das Göttliche in uns? Also so etwas wie ein evolutionär eingebauter Teil der Schöpfung, der uns ermöglicht, die Grenzen unserer Kommunikationsfähigkeit aufzuheben?« Er freut sich über ihr Nicken, dass sie mit einem entspannten Lächeln unterstreicht.

»Sind Sie zufrieden mit sich?«, fragt er sie irgendwann aus dem Nichts des Spazierganges am Main heraus und kann ihren Blick nicht als Antwort deuten.

»Wenn man zufrieden ist, bleibt man stehen, finde ich. Also, wenn man ganz zufrieden ist. Ich sag's mal so:

Ich bin grün mit meinem Leben. Schön ist es nicht immer, aber es war auch schon mal schlechter.«

»Ich glaube, die Frage hätte anders lauten sollen. Vielleicht wollte ich eher wissen, ob Sie die guten Zeiten annehmen können oder ob Sie die schönen Momente zerstören müssen, damit sie kreativ sind.«

Weil sie jetzt ein sehr nachdenkliches und seltsames Gesicht macht, muss er lachen und erfährt daraufhin die erste physische Berührung mit der ihm noch immer fremden Person, die ein Phantom aus der Matrix seiner Selbstreflexion sein muss. Solange es keinen Namen hat, ist es auch nicht lebendig. Anscheinend ist sie doch lebendig und real, denn sie haut ihm beleidigt und ganz leicht den Ellenbogen in die Seite und gibt ihm somit zu verstehen, dass seine Frage nicht überlegt war. »Wissen Sie, ich stehe nicht auf Typen wie Sie. Aber nicht aus Prinzip, sondern aus Erfahrung. Börsianer sind die Pantoffeltierchen der Ellenbogengesellschaft, und ich meide diese. Aber was ich noch weniger leiden kann als Amöben und Pantoffeltierchen, sind Vorurteile und Konventionen. Festgefahrene Pfade sind nicht so mein Ding. Weil ich weiß, dass Sie wieder danach fragen werden, was so mein Ding ist, sage ich es Ihnen einfach«, erklärt sie und sieht den Schaltträger erwartungsvoll an. Der macht nur eine fragende Geste mit den Armen und wartet auf ihren Abschluss. »Der Moment der Magie ist meins, verstehen Sie? Ich versuche, ihn so lange wie möglich aufrechtzuerhalten. Der Schrödingereffekt meiner Erwartung an einen Menschen, eine Situation oder ein Gefühl.« Gerade hätte sie gleichermaßen direkt sagen können, dass sie den Schreiber als Rauschzustand ihrer unerfüllten und erwartungsvollen Begierde nach dem Neuen benutzt. Sie hat es aber nicht getan, weil sie ihn respektiert und ihm die Möglichkeit gibt, sie weiterhin zu überraschen.

»Verfolgen Sie gar kein Ziel?«, will er schlicht von ihr wissen. Ihr Blick geht kurz auf den Boden, dann mit einem Schmunzeln wieder nach oben.

»Nö. Ich bin kuriert von diesen Momenten, in denen man die Epiphanie seiner emotionalen Existenz erwartet. Es gibt nicht den Einen und nicht die Eine, wenn, dann nur einen Menschen, der einen potenziell lange begleiten kann, vielleicht auch bis zum Ende. Was dazwischen passiert, soll einfach möglichst magisch sein, damit es einen oben hält.« Soeben hat sie sich als Adrenalinjunkie der anthropologischen Feldforschung enttarnt. Weil ihn das mehr als irritiert, fragt er sie, ob sie überhaupt lieben könne.

»Sicher! Sonst wäre das Leben leer, und ohne starke Emotionen kommen auch keine magischen Momente auf. Leider ziehen die einen stetig lauernden Abgrund hinter sich her, weil man ja nicht immer nur steigen kann. Ich glaube, dass das Leben wie eine Schaukel der Dramaturgie ist. Aufschwung, retardierendes Moment, der Fall. Dazwischen ist man im Kreislauf gefangen und kann nur schwer loslassen, weil dann der Schwung schlagartig weg ist. Der Weg zurück auf die Schaukel ist mühsam. Aber das macht auch nichts, weil das Schaukeln an sich ja eine angenehme Sache ist. Man darf es einfach mit der Geschwindigkeit nicht so übertreiben, weil einem dann schlecht werden kann«, stellt sie klar und lacht schon wieder, weil sie Erfahrung damit hat.

Der Schreiber versucht, ihre Absichten zu verstehen. »Suchen Sie denn jemanden, der mit Ihnen gemeinsam schaukelt?«

»Kann ganz nett sein, nicht alleine da rumzuschwingen, aber ich habe die Erfahrung gemacht, dass die Welt ein einziger Wettkampf ist. Ich möchte nicht wieder in diese Abhängigkeit zur Beschleunigung der anderen geraten, weil sie mir nicht guttut.« Die Worte der Fremden lassen erahnen, dass sie durch ist mit den distanzlosen Sozialforschungen mit Männern.

»Sie schaukeln aber immer noch, auch wenn es im Moment mehr nach einem ambitionierten, anarchistischen Wettschaukeln gegen sich selbst aussieht als nach einem entspannten Hin und Her in der Hängematte. Wie alt sind Sie?«, will er wissen und erwartet einen Vortrag zur Respektlosigkeit, weil man das als Mann nicht fragt. Dabei will er nur wissen, wie alt man werden muss, um so eine Liebe zur Sprache und deren Bezug zum eigenen Leben zu perfektionieren. Nein, sie wertet die Frage nicht als Angriff, sondern als Anteilnahme. Stattdessen sagt sie einfach nur, dass sie 86 geboren ist.

Drei Jahre jünger als er.

*

Der Spaziergang endet am Hauptbahnhof mit seiner Frage, ob das Austauschen der Telefonnummern gegen die Anonymitätsregel verstoße, welche den Grundsatz des magischen Moments ausmache. Würde diese verletzt werden, ergäbe sich die potenzielle Möglichkeit, nach Hintergrundinformationen zu suchen, sich beim nächsten Gespräch voreingenommen gegenüberzutreten. Background-Stalking könnte man es auch liebevoll nennen. Auf jeden Fall würde es den Charakter der Magie zerstören.

»Nein«, sagt sie, dem spräche nichts entgegen. Sei ihr sogar lieber als die E-Mail-Adresse, in der ist ihr Name enthalten, und eine ganz neue will sie sich nicht extra zulegen. Lieber ganz altmodisch Textnachrichten schicken oder telefonieren.

*

Auf dem Heimweg mit der U-Bahn wird dem Schreiber bewusst, dass er die Fremde vorhin berührt und sich das nicht halb so anonym angefühlt hat wie die Unwissenheit über ihren Namen. Diese Erkenntnis erhellt auf jeden Fall seine Wahrnehmung für den Rest der Umwelt und verleiht dem Geschehen da draußen einen leicht verschwommenen Schimmer, eine Korona aus goldenem Nebel, die den Geruch des Untergrunds und der Tristesse lindert.

Noch bevor er ihr eine Nachricht über seine Erkenntnis schreiben kann, vibriert sein Telefon. Ein Bild ist angekommen und verwirrt ihn mit nackten Tatsachen. Das Straßenschild hat sie fotografiert. Die Straße, in der sie wohnt. Oberlindau. Eine gute Adresse zwischen I.G.-Farben-Haus und Palmengarten. Die einzige Annahme, die er vorsichtig über die Fremde machen will, ist die über ihren Lebensstandard. Gehoben oder alteingesessen, sonst wohnt man dort nicht. »Ich weiß in etwa, wo Sie wohnen. Aber ich werde mir die Klingelschilder nicht ansehen, solange Sie und ich pokern«, schreibt sie.

Weil sie das auf seine Frage hin nicht als bloße Metapher genutzt hat, sondern wirklich pokern kann, muss er jetzt grinsen. Sie teilt seine Liebe fürs Zocken, wenn auch mit weniger Risiko. »Jeder normale Mann würde Sie jetzt fragen, ob Sie zu ihm kommen, er zu Ihnen oder beide in ein Hotel gehen«, schreibt er ihr seinen Gedankengang, der nicht einmal eine ernsthafte sexuelle Absicht hat. Der musste einfach raus nach einer weiteren Stunde zu Hause, in der er an sie denkt.

Ihre Antwort braucht nicht einmal eine Minute.

»Jeder normale Mensch fragt auch am Anfang nach dem Namen und nicht am Ende ...« Ihrer Aussage nach wird sich der Kontakt zwischen ihnen beiden verlaufen, wenn sie sich einander richtig vorstellen. Zumindest liest es sich so.

Nur um das klar zu definieren, schreibt er ihr genau diese Aussage als Frage formuliert und freut sich über ihre Antwort: »Nein. Nur der Zustand der Ungewissheit, der Magie und des Ungeklärten verliert sich.« Sie will keine Informationen haben, die sie davon ablenken, das Wesen des Menschen kennenzulernen.

Ob es andere Regeln zu beachten gebe, fragt er, noch ehe er ins Bett geht, und wieder überrascht die Fremde ihn mit einer unerwarteten Aussage. »Alles ist möglich. Attraktivität ist doch viel intensiver, wenn sie nicht durch einen seltsamen Namen gemäßigt wird.«

»Alles ist möglich?«, fragt er perplex, macht das Licht aus, steigt ins Bett und zieht die Decke bis fast über den Kopf.

»Alles, außer solchen Dingen wie zum Beispiel heiraten. Dazu muss der Name ja bekannt sein. Sie sollten alles offen kommunizieren, was Sie beschäftigt. Nur keine Namen und andere hintergrundrelevante Informationen, die Befangenheit verursachen können.« Zwei Minuten später ergänzt sie ihre Nachricht, da hat er seine Antwort noch gar nicht zu Ende formuliert. »Ich weiß, dass Sie nicht suchen, aber Sie sind, wie ich auch, ein mehr oder weniger primitives Wesen, das irgendwann wieder dem eigenen Lebenspfad folgen muss. Das ist so ein Trieb, Sie verstehen schon, wie die Kreativität. Ist halt einprogrammiert.« Ihre Sicht über körperliche Verwirklichung ist nüchtern, fast schon unpoetisch für ihre Verhältnisse. Vielleicht sieht sie aber auch generell keine große Erfüllung in Berührung, keinen allzu tiefgehenden emotionalen Sinn. Reine Biologie. Das wäre in der Tat nicht nur langweilig, sondern auch das Paradoxon zu ihrer restlichen Denkweise.

»Entsagen Sie der kurzweiligen, körperlichen Liebe

bis zum Namen lieber?«, ist seine letzte Frage.
»Nein! Kaufen Sie die Katze im Sack?«

Goethe

Der Parkplatz ist wie zu erwarten leer, bei dem Wetter. Dabei soll es in den kommenden Tagen wieder warm werden, bis auf zehn Grad hoch. Eine verheißungsvolle Aussicht auf die nahende Adventszeit, die ihren krönenden Abschluss wohl wieder einmal in einem kanarisch angehauchten Weihnachten finden wird. Gepflegte, zweistellige Temperaturen. Grilltaugliche Feiertage, die seit gefühlten fünfhundert Jahren immer gleich aussehen, und so langsam nerven auch die Gans, die Familie, der Ultra-Öko-Fairtrade-Ceylon-Zimt-Tee aus dem Weltladen. Und natürlich der in 170 bpm bunt blinkende Terror-Todesstern am Fenster vom Nachbarn. Er befindet sich am Wohnzimmerfenster, weshalb er den Nachbarn selbst nicht stört. Der hat ja ein Schlafzimmer, in das er vor dem Lichtsmog flüchten kann, der bei mindestens zehn anderen Bewohnern der Berger Straße akuten Augenkrebs und Aggressionen verursacht.

Es ist Samstagnachmittag und nicht Sonntagvormittag. Aber sie hat morgen keine Zeit, ist schon verabredet. Noch sitzt der helligkeitsgeplagte Jedi ohne Lichtschwert zum Verteidigen in seinem Auto. Sie hat nicht gesagt, dass er ihr Auto nicht sehen darf oder umgedreht. Aber so richtig wohl fühlt er sich nicht damit, das kommt ihm vor wie Beeinflussung. Zwei weitere Autos parken in den nächsten zehn Minuten ebenfalls am Straßenrand, aber anstatt einer großen, kurzhaarigen Frau steigen ein Rentnerpärchen mit Hund und eine

Frau Mitte vierzig aus. Erst nach weiteren sieben Minuten erscheint sie, die Unbekannte. Weil er nicht damit gerechnet hat, überrascht es den Schreiber auch nur ein bisschen, anstatt zu schockieren: Sie fährt Fahrrad.

Er steigt aus und schließt die Autotür hinter sich.

Ihr Gesicht ist klar und freundlich, wie meistens. Aber die Kälte hat aus ihrer Hautfarbe einen Schneewittchenapfel gemacht.

»Unbekannter Nummer eins«, lacht sie, als sie in Hörweite ist.

»Unbekannte Nummer zwei?«, antwortet er fragend und hält ihr zuvorkommend die Hand hin, um ihren Rucksack entgegenzunehmen.

»Tut mir leid, der Berg ist etwas steiler als gedacht. Ich bin eine furchtbar schlechte Sportlerin«, nuschelt sie in ihren Schal hinein und schließt das Fahrrad ab.

»Dass dieses Ding überhaupt fährt, ist ein Weltwunder. Das hat doch mindestens schon zwei Weltkriege und eine Flucht von Ost nach West mitgemacht, oder?«

Die Unbekannte lacht verzweifelt und sagt, dass es wenigstens schon keine Vollgummireifen mehr hat und nur aufgrund seiner Erscheinung noch nicht von einem Antiquitätenhändler geklaut wurde. Im Übrigen habe es im Gegensatz zu ihr auch schon den Protestzug gegen den Bau der Startbahn West miterlebt.

»Ein Hippie-Fahrrad, wie mir scheint. Vielleicht sollten wir tauschen, ich bin ja der Hippie und nicht Sie«, schlägt der Namenlose der Fahrradfahrerin vor.

»Nein, nein, ich habe ein Auto. Ich wollte es Ihnen

nur noch nicht vorstellen, es schämt sich. Außerdem wird der Anzug im Regen nass. Also, auf dem Fahrrad, ist ja klar.«

»In Ordnung, ich sehe schon, Sie sind ein hoffnungsloser Fall von Selbstaufgabe. Also dann muss das Auto genauso alt sein wie Ihr Fahrrad, nehme ich an?«

Er zieht die Augenbrauen bis unter den Rand seiner Mütze. »Ne, mein Auto kann was, aber ich wollte mir mal lieber erst Ihres ansehen. Schicki, Ihre Karre, aber ganz schön alt für die gesellschaftlichen Anforderungen, die das Leben an Sie stellt. Also auf jeden Fall kein Firmenwagen, oder?« Die unbekannte Fahrradfahrerin amüsiert sich über den mindestens zehn Jahre alten Golf in 08/15-Silber.

»Nostalgie. Ich mag den Golf.«

Jetzt sieht die doppelbereifte Drahteselknechterin ihn verächtlich an und macht ein seltsames Geräusch. »Sie Marketingopfer, Sie. Das ist deren Werbespruch seit fünfhundert Jahren!« Sie erntet seine Rache in Form eines leichten Grinsens, mit dem er ihr verkündet, dass doch sie ihm erst kürzlich empfohlen hat, das Klischee zu bedienen und stolz darauf zu sein, oder etwas zu ändern. Viel Klischee gibt es jetzt aber an dem Auto gar nicht, stellt sie fest und überlässt ihm den Punkt, auch wenn er das Klischee an anderer Stelle wieder mehr als bedient.

Der Weg hinauf auf den Goetheturm ist anstrengend und das vor allem, weil die Unbekannte gerade erst ihr Fahrrad auf den Berg gequält hat. Nach ein paar Minuten hat das unbekannte Paar die Dreiundvierzigmeterhürde gegen die Erdanziehungskraft geschafft und verschnauft mit Ausblick auf Frankfurt. Am Himmel reihen sich die Flugzeuge im Landeanflug aneinander und wirken wie große fliegende Konservendosen.

»Wann sind Sie das letzte Mal geflogen?«, will das geheimnisvolle Turmfräulein von ihrem drei Jahre älteren Schatten wissen. Der überlegt und antwortet dann in einem seltsam ausdruckslosen Tonfall. Johannesburg im letzten Winter sei es gewesen. Ein Flug mit der Königin der Konservendosen. Was ihr letzter Flug gewesen sei, will er ebenso von ihr wissen.

»Noch nie. Ist mir auch zu doof, immerhin kenne ich nicht einmal alle Ecken von Frankfurt und die globale Erderwärmung, sofern es sie denn gibt, ist der beste Faktor für karibische Sommer. Da war außerdem zu viele Jahre kein Geld und danach keine Notwendigkeit. Ich teile mir doch nicht so eine Metallwurst mit dreihundert anderen, die sich alle wegen der Armlehnen streiten!«

Sein mahnendes Gesicht voller Ironie fängt ihre Aufmerksamkeit ein. »Ich bin der Geist, der stets verneint! Und das mit Recht;/ denn alles, was entsteht,/ Ist wert, dass es zugrunde geht/; Drum besser wär's, dass nichts entstünde./ So ist denn alles, was ihr Sünde,/ Zerstörung, kurz das Böse nennt,/ Mein eigentliches Element«, zitiert das Pantoffeltierchen den Namensgeber des Turmes.

»Ist das eine Anspielung auf die Frau als das Böse in

Persona oder haben Sie ein Händchen für Sünde?« Sie freut sich über den Gedankensprung, den er gerade über den Graben der Inspirationslosigkeit gemacht hat.

»Vielleicht ein bisschen von beidem, wobei ich dann zugeben muss, dass ich die Sünde gerne begehe und das Böse einfach zur Balance im Göttlichen gehören muss.«

Für einen Moment treffen sich ihre Blicke, und die Sternenzeit geht dabei ein kleines bisschen langsamer, die Weltenzeit steht gefühlt sowieso schon still.

»Glauben Sie an etwas im Weltall?«, fragt sie leise und noch immer berühren sich die fremden Seelen im Kosmos ihrer Suche nach der Identität des anderen.

»Ich wünschte, ich könnte, aber der Begriff Religion will sich mir nicht erschließen, verstehen Sie?« Ein Agnostiker, der, wie sie findet, am Ende von Gott auf die Fresse bekommen würde, falls es ihn denn gibt. Unentschlossene werden immer bestraft, hat sie gelernt. Dabei glaubt sie selbst nicht, sonst würde sie diesen Weg der Selbstanalyse nicht barfuß gehen.

»Wieso haben Sie das gefragt?«

»Weil Sie den Begriff des Göttlichen benutzt haben und ich dem keine Absicht beimessen konnte.«

»Nein, nein. Das Göttliche hat für mich keinen Anspruch auf eine Religion. Es ist eher ein universaler Begriff für das, was wir uns nicht erklären können. Es spricht meiner Auffassung nach in allen von uns und hat keinen Namen und keine Erscheinung.«

Sie nickt gedankenverloren, starrt in die Wolken, die sich über Frankfurt legen. Wie ein bleierner Vorhang ziehen sie sich in kleinen und großen Wellen über die Stadt und den Taunus. Stille kommt zwischen den beiden auf, die unangenehme Fragen in den Köpfen formuliert.

»Sind Sie gefangen in Ihrem Elfenbeinturm der Selbstfindung?«, will er von ihr wissen.

Langsam schüttelt sie den Kopf, ehe sie ihn ansieht. »Ist das eine Gretchenfrage?«

»Mit Sicherheit. Wenn ich Ihnen diese beantworte, will ich auch eine Frage nach dem Innersten, dem Gewissen stellen.«

Die Elfenbeinfee überlegt einen Moment und zieht ihr Fazit, das, wie sie sagt, keine neue Erkenntnis sei. Sie sei eine hoffnungslose Romantikerin in einer Zeit voller Dunkelheit. Aber Dunkelromantik sei auf Dauer so destruktiv, sie habe keinen Spaß mehr an der Schönheit der Vergänglichkeit. Sie suche nach einem lebensnahen Konzept, keiner asketischen Gedankenwahrheit. Das freut den noch immer blockierten Schreiber, denn sie scheint nicht auf der Suche nach Erleuchtung, sondern nach einem Leitfaden zu sein. Das Leben ist einfach da und sie versucht, es bestmöglich zu füllen, ob der Sinn nun allgemeingültig ist, liegt nicht in ihren Suchparametern. Weil sie eine Gretchenfrage bei ihm guthat, stellt sie diese auch alsbald und äußerst gewählt. Ohne starren Rahmen und mit viel Raum zur Interpretation. »Werden Sie sich verlieben?«

»Wahrscheinlich.«

Seine Antwort freut sie. Weder in wen noch wann

will sie weiterhin wissen. Nur, dass er sich nicht gegen eine Bindung an irgendetwas im Leben stemmt.

Das Telefon der Fremden klingelt, jemand zitiert sie nach Hause. Weil er sie so fragend ansieht, sagt sie nur knapp, dass ihre Mitbewohnerin sie braucht. Eine Mitbewohnerin hat sie also, wieder eine neue und vielleicht sogar unfreiwillig erlangte Erkenntnis. Zumindest ihrerseits, denn sie beantwortet seine Frage nach dem Namen der Mitbewohnerin nur ungern. »Milena Caspari.«

»Hat die was mit dem Areano Caspari zu schaffen?«, fragt er erstaunt. Areano Caspari ist Unternehmensberater und der Sohn von Emanuel Caspari, der wiederum als heißer Favorit für die Übernahme der Weißbauer und Körber gilt. Ein aufsteigendes Unternehmen im Bereich Wirtschaftsprüfung.

»Glaube ich nicht.«

»Der Caspari junior soll ein ziemlicher Arsch sein«, merkt der Blockierte an und schaut kurz auf sein Telefon, um nachzusehen, ob er etwas verpasst hat.

»Ist das so? Was erzählt man sich denn in Ihren Kreisen?«

»Man sagt, der geht nicht nur finanziell über Leichen. Angeblich hat er im letzten Jahr bei einem seiner Kunden für die Entlassung von über hundert Angestellten gesorgt und sich danach erst mal in die Staaten verpisst. Dabei hätten die wohl alle bleiben können und die sparen gar nicht so dick ein.«

»Ah, hm. Verstehe«, murmelt sie und nimmt das Gezwitscher zur Kenntnis.

»Ich glaube, er hat entweder ein massives Problem mit Selbstüberschätzung oder mit Gleichgültigkeit. Auf jeden Fall wird er sich bald verspekulieren.«

Die Fremde lächelt ihn an. »Das kennen Sie doch bestimmt, Sie sind ja auch ein Spekulatius. Ganzjährig sogar!«

Er lächelt wegen ihres Wortspiels und sie seufzt, ehe sie ihren Rucksack vom Boden aufhebt. Weil sie gehen muss, treten sie zusammen den Weg zurück zum Erdboden an. Dort angekommen greift die Realität wieder und hinterlässt ein paar Schlieren im Glanz des Moments.

»Scheiße, verdammt ...« Sie ist entsetzt und bleibt kurz stehen.

Der Spekulatius dreht sich nach ihr um und bleibt ebenfalls stehen, sieht sie dabei fragend an.

»Haben Sie das gesehen? Der Drahtesel ist getürmt!«, sagt sie empört.

Leider muss er durch die Wortwahl über ihr gestohlenes Fahrrad lachen und steigt nicht in ihren Zustand der Empörung ein. »Haben Sie ihn vielleicht nicht richtig angebunden?«, fragt er stattdessen und wartet darauf, dass sie wieder neben ihm ist.

»Bestimmt, so ein schrottiges Teil klaut doch keiner ernsthaft!«, stellt sie klar.

»Vielleicht hat sich da ja jemand gedacht, dass das auch keiner ernsthaft vermisst? Soll ich Sie heimfahren?«

Widerwillig stimmt sie zu, aber nur, wenn er sie an der Straßenecke rauslässt und ihr verspricht, in der nächsten Zeit nicht absichtlich durch ihre Straße zu fahren. Sie schüttelt den Kopf, ärgert sich offensichtlich über den Verlust des altersschwachen Zweirades.

»Ist das ein Omen, dass Sie Ihr Schloss nicht richtig zugemacht haben?«, fragt er belustigt und winkt sie aus der kurzen Distanz herbei, damit sie ihm folgt.

»Eigentlich nicht, ich respektiere meine eigene Dummheit in ihrer Daseinsberechtigung ja meistens. Trotzdem werde ich jetzt einfach annehmen, dass mein Fahrrad eine Reise machen möchte. Ohne mich halt, versteht sich. Vielleicht ist es ihm zu öde bei mir und es braucht eine inspirative Weltreise«, spekuliert die fahrradlose Helmheldin mit einem Seufzen.

Er grinst. »Sie meinen wie der Gartenzwerg aus ›Die fabelhafte Welt der Amélie‹?«

»Mit Sicherheit!« Sie steigt auf der Beifahrerseite ein. »Rauchen Sie?«

»Selten. Nur, wenn ich sehr gestresst bin.«

»Ich auch. Aber ich mag den kalten Rauch im Auto und in den Räumen trotzdem nicht«, gibt sie zu.

Ihre Aussage wird abgenickt und das Thema ist von beiden Seiten beendet.

»Geht es Ihnen besser damit, wenn Sie einen trotzigen Anfall von Reiselust im Verhalten Ihres Fahrrades vermuten?«, will er wissen und startet den Motor.

»Klar doch, ich bin nur beleidigt, wenn es mir nicht mal eine Karte schreibt. Ich bekomme nämlich fast nie echte Post, die keinen finanziell behafteten Charakter hat.«

Das klingt eindeutig nach einer Aufforderung zum Postkartenschreiben. Schwierig ohne Adresse, an die er sie schicken könnte. Eine Straße kann ja schlecht Post annehmen. Schon jetzt ist ihm klar, dass sie das absichtlich gesagt hat, weil sie seine Kreativität herausfordern will. Die fehlt ihm ja auch und vielleicht demnach auch einfach nur der äußere Impuls für die Idee.

Während die beiden Fremden durch Frankfurt fahren, formiert sich im Kopf des einen Unbekannten eine Idee und im Kopf der anderen Unbekannten Unwohlsein. Sie beobachtet ihn aufmerksam und weil sie ihm im Auto fast ausgeliefert ist, wird es ihr unangenehm. Das, was nach Klischee aussieht, riecht zum Glück nicht so und überhaupt, die kleinen Details machen die Verwirrung perfekt. Den Song, der gerade läuft, kennt und mag sie. Weil er nicht vom Radio, sondern vom Datenkabel am Handy kommt, weiß sie jetzt etwas über seinen Musikgeschmack. Auf jeden Fall passabel, Deichkind geht immer.

»Tanzen Sie?«, fragt sie schlicht, als sie durch das Sachsenhäuser Partyviertel fahren. Aber die Frage nach dem Tanzen ist eigentlich so vielschichtig, dass ein Nein viele Pfade in ihrem Kopf wegradieren würde. Ein Ja zeigte weitere auf und es folgt auch das Ja auf ihre Frage. Halbherzig tanzen, aber immerhin überhaupt noch tanzen. Sie erinnert sich an den Satz von Mittwochabend. »Und auf was so? Ich gehe davon aus, dass Sie ebenfalls nicht auf Gezeiten tanzen.«

Jetzt lacht er und sucht nach einem Lied auf seinem

Telefon. Weil sie das nicht kennt, fragt sie nach dem Titel. ›Ongoing Thing‹ von 20Syl ist das. Funky – mit der Stimme der kleinen, gelben TicTacs aus dem Film ›Ich. Einfach unverbesserlich‹? Klingt auf jeden Fall so. »Sind Sie peinlich expressiv, wenn Sie tanzen, oder lässig und schwingen den Housefinger?«

Das müsse sie schon selbst herausfinden, sagt er überaus charmant und lässt die unbekannte Beifahrerin amüsiert in den kleinen Taschenkalender schauen.

»Wenn Sie einen Antrag für einen Tanzabend stellen, kann ich Ihnen vielleicht einen Termin im April geben«, antwortet sie.

»Werden Sie so stark frequentiert?«, interessiert ihn.

Zum ersten Mal sieht sie ihn kurz wirklich ernst an und setzt an, um etwas zu sagen. Die Lippen bewegen sich, aber es kommt kein Ton aus ihrem Mund, den sie kurz darauf auch wieder schließt, bevor sie mit einem gedankenversunkenen Gesicht »Verpflichtungen, keine Dates«, sagt, und nimmt wohlwollend zur Kenntnis, dass der unbekannte Fahrer ihr ein verständnisvolles Lächeln schenkt. Keine weitere Frage zu dem Thema.

»Dann stelle ich hiermit einen Antrag bei Ihnen, damit wir im April vielleicht zusammen tanzen gehen können«, verkündet er und biegt links in die Straße ein, die ihre Straße kreuzt. Kurz vor dem Kreisel hält er am Straßenrand und zieht die Handbremse an.

»Danke, dass Sie mich gefahren haben.« Sie klingt schüchtern und greift nach dem Rucksack im Fußraum vor sich. Wieder treffen sich die Blicke der beiden und in einem anderen Kontext wäre dieser Moment eine peinliche Warteschleife für einen Kuss.

»Ich mag diese Art, wie wir kommunizieren. Wenn es Ihnen zu dämlich wird mit der förmlichen Anrede, sagen Sie mir das bitte. Auch wenn ich es so besser finde, ich kann darauf verzichten, wenn es Sie stört«, gibt der unbekannte Fahrer zu verstehen.

Die ebenso unbekannte Beifahrerin sieht ihn fragend an und schmunzelt kurz darauf. Wieso er das so sehe, will sie wissen und fragt sich dabei selbst, ob ein Sie und ein Du ohne Namen einen Unterschied haben.

»Es sagt sich schwerer Sie Arschloch als du Arschloch. Finde ich zumindest. Vielleicht sehen Sie das anders, aber ich möchte diese Respektebene nicht verlassen. Noch nicht, dazu mag ich Sie zu gerne.«

Eigentlich kommt ihr das sogar entgegen, weil es hier die ganze Zeit schon um nichts anderes geht als Respekt. Vielleicht ist das aber auch schon mehr als einfach nur Respekt.

Mögen. Ein Begriff, der Sympathie und eine seltsame Art von Wohlbefinden innehat, findet sie. »Gefällt mir, was Sie da sagen. Also, der Geist, der Ihrer Aussage nach stets verneint, geht jetzt nach Hause. Schreiben Sie mir, wenn Sie möchten.« Sie steigt mit einem Lächeln aus, das er mit einem angedeuteten Winken erwidert, ehe er nach Hause fährt.

Sperrmüll

Die Fotos von Oberlindau, dem Weihnachtsbaum am Römer und der Skyline sind jetzt dank des Drogeriemarkts ausgedruckt und befinden sich im praktischen 10x15-Format. Die Wand ist nicht mehr reinweiß, diese drei Bilder kleben jetzt darauf und füllen den leeren Raum mit einer Erinnerung an Inspiration. Eine Atmosphäre voller Hoffnung auf Inhalt – auch wenn das Bild noch lange nicht fertig ist; der Künstler hat keinen Masterplan. Das Bild möchte sich selbst gestalten. Wie Immendorff schon gesagt hat, dass das Bild mitbringen muss, was es werden will.

Es ist halb zehn am Abend, das ebenfalls ausgedruckte Foto vom blinkenden Monster am Nachbarfenster nimmt der Schreiber aus der Fototasche und dreht es um. Mit einem dünnen Filzstift schreibt einen Text darauf:

»Vierundzwanzig Stunden hat mein durchschnittlicher Tag zur Verfügung. Davon liegen etwa sieben im Dunkeln, zehn weitere werden mit Marionettentanz in Pantoffeln verbracht, eine mit Autofahren, zwei mit sinnloser, lebensnotwendiger Organisation und drei mit Wand anstarren. Die letzte Stunde geht fürs Laufen drauf. Dazu kommen dann noch die zwölf Stunden, die ich mindestens an Sie denke, und die anderen zwölf, die versuchen, mich mit Lichtbelästigung davon abzuhalten. Diskrepanz. Ich habe ein Problem mit meinem Zeitmanagement. Meine Prioritäten müssen sich verändern, weil ich sonst nur noch jeden zweiten Tag existieren kann, weil mein Stundenbedarf wohl achtundvierzig pro Tag beträgt. Soll ich aufhören zu schlafen oder zu essen? Was meinen Sie?«

Nachdem er den Text geschrieben hat, schickt er ihr eine Bildnachricht mit dem Foto des Briefumschlags, in den er das Foto gesteckt hat. Die Straße und die Postleitzahl hat er schon drauf geschrieben, nur die Hausnummer und der Empfänger fehlen. Ein Wagnis, wenngleich auch hoffentlich ein berechenbares.

Ihre Antwort kommt erst zwei Stunden später. »73. Schicken Sie es an meinen Nachbarn Manfred Küster und schreiben Sie c/o brennende Mikrowelle dazu. Er nimmt meine Post an, wenn ich nicht da bin und weiß, wer brennende Mikrowelle ist :) Danke ...«

»Wann hat Ihre Mikrowelle gebrannt?«, schreibt er daraufhin zurück und liest unmittelbar danach schon ihre Antwort.

»Erst vor sechs Wochen.«

Da habe sie versucht, Schokolade nach Anweisung darin zu schmelzen und das schwer schätzbare Alter der antiken Mikrowelle vernachlässigt. Die Schokolade sei aufgrund der unberechenbaren Wattzahl verbrannt, das Netzteil der Schmelzanlage gleich mit. Angeblich könne eine Mikrowelle sehr elegant aus dem Fenster fliegen. Diese akrobatische Leistung und die darauffolgende Goldmedaille im Sperrmüllweitwurf habe sie Herrn

Küster zu verdanken. Der habe geistesgegenwärtig das Ding geschnappt und in Türstehermanier ganz sanft hinausbefördert. Weil der Feuerlöscher im Treppenhaus zu weit weg stand, war das die beste Option, merkt die ehemalige Besitzerin des temperamentvollen Gerätes an.

»Was« hat die Schokolade denn dazu gesagt?« Er lacht für sich alleine laut über die darauffolgende Aussage.

»Leider gar nichts mehr. Der Kuchen, auf den sie sollte, war ziemlich enttäuscht von der mehr als unsportlichen Leistung seines Geschäftspartners und hat daraufhin glatt seinen Namen geändert. Von Schokoladenkasten- in Sandkastenkuchen. Sehr infantil von ihm, wie ich finde!«

Dass sie die Welt mit einer liebevollen Art von Melancholie und Selbstironie sieht, füllt allmählich das Vakuum in seinem Kopf mit einem angenehmen Gefühl. »Vollmilch, zartbitter oder weiß?«, fragt er sie zum Abschluss. Ihre Antwort war eigentlich vorhersehbar, stellt er fest und nimmt sich vor, ihr mindestens eine Tafel zu kaufen.

»Zartbitter, weil alles im Leben doch irgendwie zart und bitter ist ...«

Das süße Nichts des Seins findet er in ihrem Satz und merkt, wie sinnlos das Hamsterrad des bloßen Funktionierens ist. Eigentlich war der Zusammenbruch gut so, ohne den hätte er noch ewig so weitergemacht, bis nie wieder Inspiration in ihm gesprochen hätte. Die Sprache der Wirtschaft lässt keinen Platz für Poesie zwischen den Zeilen, und eigentlich mag er die genauso gerne wie die Formeln der Prognose. Aber Prognose ist auch ein Teil der Philosophie, die Erkenntnis über die Folgen unseres Handelns, und somit finden sich wieder Parallelen zu seinem Wesen. Alles kann man nie vorhersagen, nur eingrenzen, und das Restrisiko schlägt auch schon mal zu. Dann geht die Prognose unter, verliert sich in unbekannten Faktoren, den unberechenbaren Variablen in der statischen Formel, deren Herkunft so schnelllebig ist. Oftmals so ein leiser Tod für Kopf und Herz, dass man ihn nicht rechtzeitig kommen hören kann. Nüchtern gesehen sind die Zahlen schon tot, bedeuten nichts außer Kurven und Diagrammen, aber sie symbolisieren Leid. Menschengemachtes Leid, das durch die Freude am Wachstum der Zahlen exponentiell steigt. Chaos hat immer einen Sinn, die Balance ist der Schlüssel. Aber Balance ist nur gut für den eigenen Dispo, die Bilanz für das eigene Seelenheil muss am Ende auf der Habenseite stehen. Auf der Habenseite des Schreibers steht im Moment nicht so viel, nur finanzielle Absicherung, geliehener Wohnraum, Mobilität und ein bisschen Inspiration. Zumindest für den Artikel über ›Die Gretchenfrage der Finanzpolitik‹.

Die Sollseite ruft immer lauter nach Nähe, weil die ihm wirklich fehlt. Es ist kalt, in jeglicher Hinsicht. Sie hatte recht mit ihrer Aussage über die Biologie. Der Mensch kann nicht stehen bleiben, der Wunsch nach Nähe ist die Anziehungskraft zwischen den Menschen an sich. Der Wunsch nach Kontinuität im Leben ist die Umlaufbahn des Einzelnen. Sie mag riesig sein, aber irgendwann kommt der Punkt wieder, an dem die Konstellation günstig ist. Das ist kein Austausch, sondern Überlebensdrang, ein Notfallprogramm der haltlosen Seele, die entgegen allem anderen auf dieser Erde nicht von Schwerelosigkeit träumt. Das eine tut weh und das andere heilt, aber sie ergänzen sich nur, ersetzen können sich diese beiden Bedürfnisse nicht. Das Eine heißt Miriam und das Andere Neugierde. Miriam ist jedoch schon eine bekannte Funktion in der Formel, die Neugierde ist mindestens eine unbekannte Variable, wenn nicht sogar eine neue Formel.

Wenn sich die Problematik nicht auf die eine Weise lösen lässt, braucht es vielleicht eine ganz andere Herangehensweise, stellt er fest.

Seine Gedanken gehen ungefiltert an die Unbekannte. »Gerade würde ich Sie gerne mal umarmen. Es gibt niemanden, dem ich die Nähe geben darf, die ich gerne hätte.«

Noch bevor der Rollladen unten ist und dadurch das Schlafzimmer vor dem blinkenden Weihnachts-Todesstern rettet, kommt ihre Antwort.

»Dann tun Sie es doch …«

Die Verwirrung steht dem Zahlenjongleur ins Gesicht geschrieben und lässt ihn direkt seine rückversichernden Fragen formulieren. »Wann? Wo? In welchem Umfang?«, will er wissen und weil sie damit gerechnet hat, schickt sie ihren Vorschlag, schon bevor sie seine Fragen gelesen hat.

»Entweder in einer halben Stunde am Eschenheimer

Tor oder morgen Abend, wo auch immer Sie möchten.« Das Eschenheimer Tor hat sie aus organisatorischen Gründen gewählt, ganz sicher.

Die Station ist in etwa die Mitte zwischen ihren Wohnungen und ist sowohl mit dem Auto als auch mit der Bahn eine Option. Noch hat er sich nicht umgezogen. Der Blick geht kurz auf die Uhr. Auto.

*

Da steht sie mit ihrer dicken Daunenjacke, der Bommelmütze und den leuchtenden Turnschuhen. Auch ohne Stiefel mit Absätzen ist sie nicht klein.

Die U-Bahn fährt durch den Schacht und hält am Ende des Bahnsteigs an. Sobald der Lufthauch vorüber ist, zieht sie die Mütze vom Kopf. Ein kleines Vogelnest wohnt darunter, durch die Wolle ganz zerzaust. Aber sie lächelt unsicher, als sie sich am Bahnsteig treffen und für den ersten Moment kein Wort sagen. Ihre Arme gehen langsam auseinander und ihr Blick dabei fragend zu ihm.

Seine Antwort ist noch ein letzter Schritt nach vorne, dem eine lautlose und weiche Umarmung folgt. »Was ist mit Ihren Federn geschehen, dass Sie fremde tragen müssen?«, fragt sie der Fremde mit dem Mantel und ohne Schal.

»Zu viele davon gelassen in der letzten Zeit. Reicht nicht mehr zum Fliegen«, flüstert sie in seinen Kragen. Fast wäre ihre Antwort durch die anfahrende Bahn untergegangen. Aber dennoch ist sie ausgesprochen worden. Irgendwo im Universum wäre sie umhergeschwirrt und hätte irgendwann den Weg zurück in seine Umlaufbahn gefunden. Gerade noch laut genug, damit sie direkt ankommt. Ohne Umwege.

Ob sie denn noch fliegen möchte, fragt er sie ebenso leise und spricht dabei in ihr Ohr. Der fremde Vogel neigt den Kopf zur Seite, um ihn besser zu verstehen. Sie nickt, nachdem seine Frage verhallt ist. Das Echo geht lange durch ihren Kopf. Dabei sieht sie zu ihm hoch, fast schon erwartungslos und leer. Das ist ihr Moment, auf den er nun wartet. Wieder verlangsamt sich die Sternenzeit ein klein wenig und zieht das Netz endgültig zu. Kein Entkommen mehr aus der Reuse, weder für sie noch für ihn. Seine Lippen berühren vorsichtig ihre Stirn und ihre Hände synchron seine Schultern. Von dort wandern sie langsam zu den Knöpfen, die ebenso langsam aufgehen. Seine Hände gleiten von ihren Armen hoch zu ihrem Gesicht und berühren dort warm ihre Haut. Dabei versinken seine Fingerspitzen in den Haaren hinter ihren Ohren. Die ihm unbekannte Frau zieht den Reißverschluss unter den Knöpfen auf und legt ihre Hände flach auf seinen Pulli. Die Umarmung verselbstständigt sich in einer Choreografie aus fließenden Bewegungen, die Ausdruck eines vertrauten Verständnisses füreinander sind. Fast schon beunruhigend vertraut, wie beide finden. Doch keiner spricht es aus, das Bedürfnis nach dem Namen. Nur die Magie des Momentes füllt den Bahnschacht und verhindert, dass die kalte Realität von oben hineinkriechen kann. Die Fremde legt ihren Kopf auf seiner Schulter ab und umarmt ihn unter dem Mantel. Wie ein Kokon umschließt sie der Moment und lässt die Zeit gefühlt ganz stehen bleiben. Der ihr fremde Mann umarmt sie wieder und drückt sie näher an sich.

Das ist eins, bestehend aus zwei. Ein Wir aus einem namenlosen Du und einem ebenso namenlosen Ich.

Die wenigen anderen Menschen am Bahnsteig ignorieren das unbekannte Paar, es fügt sich in das anonyme Stadtbild ein. Die Bühne des Lebens ist hell erleuchtet, die Scheinwerfer sind gerade alle an. Nur das Publikum fehlt, der Applaus wird nicht folgen. Eine weitere Generalprobe für das desaströse Finale, wie sie findet. Was ist es, worauf es ankommt? Ist es die Absicht? Das Ende an sich? Nein, sie teilt ihm mit, dass es der Moment ist, in dem man erfolgreich und erfüllt auf das Finale hinarbeitet. Denn es wird kommen, unaufhaltsam. Bis dahin muss der Text sitzen, man in der Rolle aufgehen. Mehr nicht.

Wieso sie das so sehe, fragt er sie. Dabei berührt seine Wange ihre Schläfe. Was sie darauf antwortet, ist nüchterne Analyse.

»Wir leben nach dem Ausscheidungsprinzip. Das kennen Sie doch schon aus Ihrer Welt. Wir sind nur kleine Lichter und das, was wir hinterlassen, wird von irgendwem verwertet und verarbeitet. Der Inhalt der Botschaft liegt bei uns«, erklärt sie ihren Standpunkt.

Der namenlose Mantelträger nickt, versteht ihren

Ansatz und fragt sie auch nur, welche Botschaft sie denn hinterlassen wolle.

»Ich war hier, es war intensiv und hat mich erfüllt, egal ob es einen Sinn hat«, antwortet sie.

Eine ganz neue Definition von Existenzialismus, stellt er fest. »Und weil Sie sich noch nicht sicher sind, ob es Sie erfüllt, gehen wir den Weg rückwärts?« Er schmunzelt. Dabei ist die Situation gar nicht zum Lachen, nur der Umstand der Erkenntnis. Ein umgedrehtes Date. Erst die Analyse, dann der Name. Das ist auch eine besondere Art von Kreativität. Sozusagen angewandte Kunst, stellt er für sich fest. »Darf ich Sie küssen?«, fragt er sie aus dem Nichts.

»Nächstes Mal vielleicht. Die Balance zwischen sprachlicher Analyse und körperlicher Nähe muss vorhanden sein. Sonst geht der Plan nicht auf.« Sie löst sich von ihm.

Sie sehen sich einen Moment lang an, gefährlich distanzlos. Jetzt wäre eigentlich der perfekte Moment für einen Kuss.

Doch er folgt nicht, der Plan vom unkonventionellen Kennenlernen ist wichtiger. Für beide.

Sie ist neugierig. »Was haben Sie als Letztes geschrieben?«

Jetzt grinst er. »Haben Sie vielleicht gelesen. Ist am letzten Sonntag online erschienen und hatte die Herzfrequenz des Finanzwesens zum Thema.«

»Ich wusste es! Ach, scheiße, bin ich gut!«, lobt sie sich selbst.

Der Unbekannte lächelt sie verlegen an und fragt, ob sie den Text gelesen habe. Hat sie, sonst wäre ihre Reaktion anders ausgefallen. »Was für eine Frage! Seit wann sind Sie sein Ghostwriter?«. Wieder eine Erkenntnis, die etwas über ihn aussagt, ohne ihn zu verraten.

»Seit zwei Jahren. Aber wir schreiben sie eigentlich zusammen«, sagt er schlicht.

Sie freut sich, dass auch die unbekannten jungen Schreiber das große Ganze infiltrieren, indem sie die bekannten alten Schreiber als Sprachrohr ihrer Generation nutzen. »Wo und wie haben Sie sich kennengelernt?«

»Zufällig, durch einen Bekannten aus der Immobilienbranche. Der hat ihm mal ein Interview gegeben, bei dem ich dabei war. Das lief ziemlich unkonventionell ab, die Fragen waren so jenseits von berechenbar. Mich hat die Art fasziniert, auf die er dem Leser im Nachhinein die Schwächen des Systems als Herausforderung verkauft hat.«

Eigentlich wundert sie das gar nicht, dass ihr unbekannter Umarmungsdienstleister ein Ghostwriter ist. Er teilt sich den Idealismus mit einem Journalisten, der schon so lange im Hamsterrad läuft, dass er keinen Fokus mehr hat. Nicht auf das, was wichtig ist, sondern auf die Liebe zur Formulierung. Eine Symbiose. »Und Sie? Sehen Sie noch Herausforderungen in Ihrer Aufgabe?« Dabei meint sie die berufliche Erfüllung an sich, will wissen, ob er sein Handeln noch als vertretbaren Weg ansieht.

»Die Analyse hat mich nicht davon entfernt. Das ist keine Kapitulation gegenüber dem Bösen und auch kein krankhafter Idealismus. Nur die Erkenntnis über den Platz im Getriebe, das jedes Zahnrad einfach innehat. Mein Platz ist, das Beste aus dem zu machen, das in meiner Macht steht. Nicht das System auf den Kopf zu stellen. Nur ein bisschen Kleinkrieg mit der Welt, die so viele unberechenbare Faktoren mit sich bringt, dass es manchmal ausreicht, sich mit einem Detail zu befassen. Wie ein Bild von Jackson Pollock, voller Dynamik und bedingter Absicht.«

»Kennen Sie sich denn mit Pollock aus? Oder hängt der irgendwo überm Parkett und Sie können das Chaos auf der Leinwand nicht mehr ertragen?«, lacht sie. Fast schon ein bisschen abfällig klingt ihre Frage, als ob Kunst und Mathematik keine Verbindung hätten.

»Pollock hat unter anderem den Widerspruch zwischen Körper und Seele thematisiert. Seine Bilder sind nicht wahllos, sondern geordnetes Chaos mit Variablen. Die Technik ist vorgegeben und die Plattform, auf der sie angewandt wird, auch. Aber was dazwischen passiert, ist dynamisch in seiner Gestaltung. Passt doch irgendwie zu dem, was wir hier in unserem Leben tun, oder?«, widerlegt er seine fehlende Auffassungsgabe für Kunst.

Sie schweigt dazu und zitiert für sich seinen Gedanken. »Sind wir beide im Begriff, ein Action-Painting zu werden?«

»Vielleicht schon nächstes Mal.«

Er streicht ihr mit dem Daumen übers Gesicht. Dabei lächelt er zufrieden und drückt ihr noch einen kurzen Kuss auf die Stirn, ehe er sie verabschiedet.

Sie sagt nichts dazu, lässt den Moment einfach auf sich wirken und sieht ihm verwirrt dabei zu, wie er ein paar Schritte rückwärts geht, noch einmal flüchtig winkt und sich dann umdreht, um zu gehen.

Wertpapiere

Sie war kreativ und hat farbigen Tonkarton für den Brief gekauft.

»Vielen Dank für die äußerst aufschlussreiche Darstellung Ihres Tagesablaufes. Ich verstehe Ihren Disput mit der Zeit. Sehen Sie es entspannt, die wird doch eigentlich nur von der Uhr, der Sonne und Ihrem Konto definiert. Vielleicht auch langfristig durch den Alterungsprozess. Aber wir haben uns ja bereits auf die Ablehnung einer Wohngemeinschaft im Elfenbeinturm ausgesprochen. Wahrscheinlich könnte ich Ihnen noch weitere zwölf Stunden Aufgabenbewältigung bescheren, die Sie dann mit reflektierendem Lesen und Recherche verbringen. Ich hätte da ›Der Grünpfeifer‹ im Angebot, ein herrlich düsteres Buch von Victor Kelleher. Fast ein bisschen wie der Film ›The Happening‹, falls Sie den gesehen haben. Aber irgendwie stilvoller, metaphorischer und voller Liebe zum Detail. Er hat es schon vor dreißig Jahren geschrieben, lebt in Australien. Nur so am Rande. Aber ich kann Ihnen noch mehr Zeit durchorganisieren. Vielleicht brauchen Sie einen neuen Tagesablauf. Der alte scheint mir arg festgefahren. Ich könnte Ihnen zum Beispiel mindestens sieben Stunden am Tag meine Nähe anbieten. Ich glaube, Sie können die gebrauchen. So, wie das letzte Mal oder wahlweise auch, wenn Sie im Dunkeln liegen. Arm in Arm, oder Nase an Nase. Ja ich gebe zu, ich bin neugierig auf Ihre Haut.

Wie sie riecht, sich anfühlt, aussieht. Nur mal unverbindlich testen, kein Kaufvertrag, vierzehn Tage Rückgaberecht. Vielleicht sind Sie multitaskingfähig und in der Lage, beim Wandanstarren mit mir über das Buch zu reden, das Sie dann in der Woche zuvor an selbige gehängt und gelesen haben. Dann haben Sie das Anstarren wenigstens sinnvoll mit Zukunftsvisionen gefüllt. Unterhalten können wir uns darüber per Telefon oder Textkrieg. Ganz wie Sie möchten. Ich mag Zukunftsvisionen. Ob diese Olymp oder Hades werden, liegt an uns. Nummer fünf lebt und Sie und ich sind mittendrin. Irgendwo in diesem Kunstwerk ist unser Platz, suchen Sie sich einen hübschen aus, bevor er besetzt ist.«

Der schwarze Brief mit der weißen Schrift liegt einer Postkarte bei, auf der Jackson Pollocks Bild ›#5‹ abgedruckt ist. Ein wirres Durcheinander aus Schwarz und Weiß, Blautönen, Orange, leuchtendem Gelb und einem winzigen Anteil Blutrot. Sie handelt bereits in Hinblick auf den Ausverkauf seiner Seele und hat ihr Angebot per Post an ihn verschickt. Nicht direkt an ihn, sondern ebenfalls an einen Nachbarn. In weiser Voraussicht nicht an die Stasi-Nachbarin.

»Wo ist der Haken an Ihnen?«, fragt er per Textnachricht und legt die Karte zusammen mit dem Brief und dem Telefon auf die Küchenablage. Während er seinen Mantel im Flur aufhängt und das Hemd im Bad über den Handtuchhalter wirft, vibriert sein Telefon.

»Nur vorperforierte Stellen, an denen welche befestigt werden könnten … Nein, Spaß beiseite, ist mir auch egal, ob Sie auf Metall in der Haut stehen. Das kann ich Ihnen nicht beantworten. Vielleicht ist er für mich keiner und zugleich für Sie unüberwindbar. Finden Sie es heraus.« Neben ihrem kleinen Stecker in der Nase ist der Haken an ihr der Haken an ihm. Ihr eigener Haken und an dem hängt er leider schon.

»Sie verkaufen mir Wertpapiere und ich kann sie nicht ausschlagen, dessen sind Sie sich sicherlich bewusst. Über den Preis haben wir aber auch noch nicht geredet. Meine Berufserfahrung spricht bereits von Erpressung!«

Ihre Antwort folgt ungeschönt. »Keine Erpressung. Ich zeige Ihnen die Vorteile der Abhängigkeit. Nichts anderes tun Sie auch. Sie zeigen Vor- und Nachteile auf, beraten geschickt, um eine effektive Strategie zu bedienen. Ob die nun gut oder schlecht ist, zeigt sich erst am Ende. Sie leben vom Vertrauen anderer Menschen und zwingen diese dazu, sich in die Ungewissheit zu begeben. Wieso sollten Sie das nicht auch tun?«

Logik. Hübsch verpackt, in den süßlich, fauligen Geruch der Verdammnis und den begehrenswerten Körper der Persephone.

»Kann Persephone den Hades verlassen und in die Umlaufbahn des Todessterns fliegen?« Er lässt den vorangegangenen Vorwurf der Unantastbarkeit unbeachtet. Dabei sagt er ihr durch die Blume, dass er nachgibt. Es ist Freitagabend und die Wohnung leer. Wie auch an sonst jedem Freitagabend in den letzten Monaten.

»Olymp? Ernsthaft? Ich soll Sie zu Hause besuchen?«, will sie wissen.

»Kein Licht, keine Hinweise. Bis kurz vor Sonnenaufgang«, stellt er sein Angebot fertig. Sie schreibt, er soll sie vom Merianplatz abholen.

Noch auf dem Weg von der U-Bahn-Station hoch zu seiner Wohnung in der Berger Straße fragt sie nach dem größten Übel, das sie erwarte. Dies sei weder die Wohnung noch er selbst. Seiner Meinung nach sei die größte Gefahr für die Fremde die Bornheimer Stasi in der Nachbarwohnung. Deshalb sei es ihm auch lieber, sie würde bis Sonnenaufgang gehen. Das müsse sie so oder so, erklärt sie lachend.

Die letzten fünfzig Meter bis zur Wohnung geht sie blind an seiner Hand. Ein kleiner Vertrauenstest vorab, wie sie findet. Dafür hat er ihr die Mütze so tief ins Gesicht gezogen, dass sie nichts mehr sieht. Soll sie aber auch nicht. Der Weg hoch in den zweiten Stock ist eine Herausforderung für ihren Gleichgewichtssinn.

Stufe für Stufe nähern sie sich zusammen der Haustür, hinter der das unbekannte Leben wohnt, das sie so gerne besser kennen würde.

»Die Hölle kann es laut Überlieferung nicht werden, hoffe ich«, flüstert sie ihm zu.

»Wieso?«, fragt er ebenso leise zurück.

Sie grinst. »Weil die sich nicht oben, sondern unten befindet. Aber vielleicht ist Ausrichtung auch nur Definitionssache, in Australien ist doch auch alles auf dem Kopf!«

»Keine Hölle, nur ein weißer Seelenknast mit Buchenlaminat«, versichert er ihr entspannt und schließt dabei die Tür auf. Die Wohnung riecht schwach nach einem unbekannten Gewürz oder etwas Ähnlichem und seinem Waschmittel, eine angenehme Mischung aus alltäglich und neu. Das Licht bleibt aus, nur das schwache Gelb der Laterne vor dem Haus wirft einen fahlen Schimmer in die Wohnung. Die Mütze zieht er ihr ganz langsam vom Gesicht und sieht sie dabei aus dem Halbdunkel an. Nur ein halber Meter trennt die beiden voneinander, die sich jetzt gegenseitig Jacke und Mantel ausziehen.

Weil die Vorstellung in diesem Theater beginnt, wird es leise im Saal und keiner sagt mehr ein Wort. Der Fokus liegt auf dem Gefühl, dem Moment der Entrückung des eigenen Lebens und der Neugierde auf das Unbekannte daran. Der Wohnungsinhaber zieht die unbekannte Besucherin an der Hand in den Nachbarraum. Nur die breite Matratze auf dem Boden ist darin, völlige Entreizung für die Wahrnehmung. Wie verloren steht sie im leeren und fast dunklen Raum und wartet auf das Ausmaß seiner bereits bestehenden Abhängigkeit. Doch sie fällt anders aus, als sie es vermutet hat. Besser und erfüllender, vielleicht schon beängstigend unerwartet.

Der Zahlenphilosoph steht vor dem unbekannten weiblichen Übel in seiner Wohnung und nimmt langsam die Arme hoch, um es ihr leichter zu machen. Sie versteht das Spiel gut, es ist ihr nicht fremd. Aber die Regeln sind anders als sonst. Die Fremde soll ihn so weit ausziehen, wie sie es für richtig empfindet. Sie versteht ihre Verantwortung für diesen Moment und verwirft die Frage nach dem Limit für diese Nacht.

Es gibt keins und gab auch nie eins.

Weil beide das so sehen und es keiner Worte bedarf, liegen sie schon kurz darauf still nebeneinander auf der Matratze. Der Reiz des Verbotenen ist nicht existent, weil nichts verboten ist, nur fremd. Das, was dahinter zum Vorschein kommt, ist der Wunsch nach Entschleunigung und nicht nach Exzess. Die Magie des Moments ist nicht erwartungsgemäß düster und trieberfüllt, sondern Ausdruck der Priorität einer seelischen Komponente. Da liegen sie beide fast nackt nebeneinander und berühren sich fern einer fordernden Absicht. Die Berührungen ihrer Haut sind seltsam vertraut und natürlich, bremsen den Fall und trotzen der Schwerkraft, die unaufhaltsam aus dem Abgrund kommt. Nur die Seele wird schwer, bekommt endlich Bodenhaftung.

Stirn an Stirn liegen sie da, ihre Augen sind zu. Jeglicher Einfluss von außen würde den Zustand der Schwerelosigkeit nur stören, der zum ersten Mal seit Langem wieder angenehm ist. Langsam erkunden die Hände beider Protagonisten der Nacht die Haut des anderen. Ihr Geruch ist wie Urlaub für ihn, so warm und schwer, dass es einen einlullt. Fast kaum wahrnehmbar ist ihr Parfum, als ob sie es schon vorgestern aufgetragen hätte. Eine Mischung aus Herbstlaub und Karamell.

Irgendwann zieht er sie langsam auf sich, ihr Kopf liegt danach auf seiner Schulter und seine Hände streicheln ihren Rücken. Außer ihrem leisen Atem an seinem Ohr und dem Rascheln der Bettdecke gibt es kein wirklich hörbares Geräusch in der Wohnung. Nach einer Weile richtet sie sich auf, sitzt fast auf seinem Bauch. Die Augen hat sie geschlossen und lässt ihre Hände über seine Haut streichen, spürt seine auf ihren Beinen. Ihre Finger berühren zaghaft seine Haut vom Gesicht und den Lippen an abwärts, über den Hals bis zum Bauch – sie ignoriert dabei den ablenkenden Teil der Biologie, der zwischen seinen Beinen wohnt. Die fremde Besucherin erkundet seinen Körper und kniet sich danach neben ihn. Sie macht sich klein und wartet auf seine Antwort darauf. Vornübergebeugt und zusammengerollt wie ein Igel lässt sie sich vorsichtig von ihm anfassen und umschlingen.

Keiner hält sie sonst fest, gibt ihr Halt.

Weil der Moment sie so intensiv auffängt, macht sie sich unter dem Fremden lang, streckt sich aus. Die beiden Seelen sind noch nackter als die Körper, die nun wieder aufeinanderliegen. Sein Gewicht ist ihr angenehm, wie eine warme zweite Haut fühlt er sich für sie an. Die Gedanken in ihrem Kopf sind kleine Zettel aus Blattgold und prägen sich durch die Berührungen in seine Haut. Unendlich lange fühlt sich der Moment an, aber er endet irgendwann.

Der Schreiber umarmt die Unbekannte zum Einschlafen von hinten und genießt ihren Kopf auf seinem

Arm, der gerade genauso taub wird wie die Leere, die zuvor in seinem Kopf gehaust hat. Sie geht, noch ehe er wach wird. Nur eine kurze Nachricht hat sie ihm um halb sieben noch geschickt.

»Habe kein Licht angemacht, keinen Vertragsbruch begangen«, steht darin. Nicht einen Blick habe sie auf das Klingelschild geworfen, stellt sie wenige Minuten danach noch in einer zweiten Nachricht klar. Es wäre auch egal, findet er. Denn das, was sie miteinander verbindet, ist so viel mehr als nur ein Name. Aber das ist ein psychosoziales Experiment für beide, denn es geht nicht um die Sache an sich. Es geht eigentlich nur um das Wie.

Wie weit kann man einen Menschen kennen und lieben lernen, ohne seinen Namen zu kennen.

»Was ist Ihr Fazit bisher?«, fragt er vor dem Aufstehen. Ihre Antwort kommt erst gegen Mittag, die Nacht musste erst eine Erklärung abgeben, was sie werden möchte.

»Sie riechen nach Leben, nach sich selbst und nicht nach einer Attitüde. Man kann Sie nicht kaufen, Sie kaufen und verkaufen nur selbst. Dabei verschenken Sie Berührung nicht mit einer versteckten Erwartung nach mehr. Da steckt kein Kleingedrucktes dahinter und erst recht keine Unnahbarkeit. Aber wenn man Sie verletzt, sind Sie konsequent. Alles oder nichts. Wenn ich falsch liegen sollte, ist es besser, wir sehen uns nicht mehr.«

Wieder und wieder liest er ihren Text, um eine Falschaussage darin zu erkennen. Auch nach zwanzig weiteren Minuten findet er keine. Die fremde Frau scheint kompatibel mit seinem Bedürfnis nach Nähe, ihrer Art zu analysieren und ihrer Konsequenz, sich von Schlechtem fernzuhalten. »Haben wir einen freien Willen?«, fragt er sie, ohne auf ihren vorangegangenen Text einzugehen.

»Nein. Muss ich mich von Ihnen distanzieren?« Keine Analyse, kein philosophischer Ansatz. Nur diese Aussage und ihre Bitte um Ehrlichkeit.

Erst drei Stunden später realisiert er die Absicht hinter dieser Antwort und schreibt zurück: »Es gibt keinen Grund zur Distanz, Ihre Analyse ist stimmig. Sie möchten mit der Frage nach dem freien Willen widerlegt werden?«

»Erleichterung. Ja, möchte ich. Am besten mit allen Mitteln der Kunst. Sofern es Ihnen möglich ist, diese anzuwenden«, gibt sie den Rahmen vor.

Mit Sicherheit, denkt er sich. Ob das noch Kunst ist, oder vielleicht einfach nur der biologische Spieltrieb, sei dahingestellt. Wahrscheinlich spielt sie dieses Spiel sogar weitaus besser. »Später noch heute oder erst morgen?« Dabei ist er sich sicher, dass sie nicht bis morgen oder nächste Woche warten will. Wenn, hat sie einen wichtigen Termin, der ein Treffen verhindert.

*

Ihre Antwort kommt wieder erst ein paar Stunden später, weil sie unterwegs ist. »Noch heute Abend«, wünscht sie. Aber nicht in seiner Wohnung, lieber in einem Hotel. Bei ihr zu Hause habe sie zurzeit keine Ruhe, sagt sie.

»Wie unfair hätten Sie es denn gerne?«, will er rückversichernd wissen.

»Maximal unfair, bitte. Möglichst herausgeputzt.« Eine Wende im Spiel, ein Handel.

»Werden wir ein Safe-Word für irgendetwas benötigen?« Die letzte Frage vor dem Treffen, das um neun in einem Parkhaus in der Innenstadt stattfinden soll, beantwortet sie zu seiner Freude mit: »Ich bevorzuge in allen Notfällen, einfach stopp zu sagen ... ;) «

Schall und Rauch

Ein mehr als ungünstiges Geständnis bringt sie schon zu Beginn ans Neonlicht des Parkhauses: Sie fährt selbst den dunkelroten Jaguar, den sie ihm gerne angedichtet hätte. Noch weiß er nicht, was er von der Sache halten soll, immerhin wirft es Fragen auf.

Der skeptische Spekulatius steigt zu ihr ins Auto und wirft ihr einen fragenden Blick zu. »Ernsthaft? Einen XF?«, kommt es perplex aus seinem Mund.

»Noch nie einen Jaguar gesehen?«

Kein weiterer Kommentar zum Auto. Nur eine einzige unangenehme Frage will er daraufhin stellen. Aus reinem Interesse, weil es sich nicht mit seiner Vorstellung von Anstand deckt. Sie weiß ziemlich sicher, was er von ihr hören möchte. So viele Horrorfragen kann es nicht geben, die einem nach so einer Erkenntnis durch den Kopf gehen. Die Frage, die er unsicheren Klanges stellt, ist ihre zweite Priorität an möglichen Fragen. »Sind Sie verheiratet?«

»Ganz sicher nicht«, lacht sie und schenkt ihm einen zuckersüß-ironischen Blick. Einen von der ganz besonders hübschen Sorte. Er hat keinen abwertenden Charakter, wirkt versöhnlich und entspannend.

Im Auto ist es warm, den Mantel hat sie schon vorher nach hinten gelegt und anscheinend ordentlich an den Lücken im Fischernetz gearbeitet. Es gibt keine mehr, kein Entrinnen. Heute trägt sie wieder Stiefel, allerdings höhere und alles andere als reizlos. Dazu hat sie ein knielanges schwarzes Kleid an und trägt eine schmale goldene Armbanduhr. Alles an ihr ist stimmig, fällt in kein Extrem. Sie hat eine hübsche Figur, die sie in schlichte Eleganz gehüllt hat. Nur das Auto ist nicht schlicht.

»Wie kommen Sie dazu?«, fragt er irgendwann.

»Dauerleihgabe.« Keine besondere Geschichte, keine tiefer gehende Erläuterung.

»Ich möchte Ihr ernst gemeintes Safe-Word hören. Nur für alle Fälle, aus Interesse«, bittet er sie leise.

»Stopp«, sagt sie zu seiner Verwirrung bestimmend.

Für einen kurzen Moment überlegt er, wieso sie dieses banale Wort gewählt hat und kein anderes. Aber es könnte auch nicht anders sein, denn dahinter steht eine viel interessantere Aussage als die Tatsache, dass sie überhaupt ein Safe-Word hat. Nein, sie meint das, was sie sagt. Eine Form von Konsequenz, die Frauen so oft aberkannt wird. Für die Unbekannte im Parkhaus ist Konsequenz ein roter Faden, den sie gerne mit ihrem Beifahrer teilen möchte. Nach dieser Erkenntnis lächelt er gedankenverloren vor sich hin.

»Gehen Sie mit mir aus?«, fragt sie in seine Erleuchtung hinein und überdenkt seine Aussage.

Der noch immer nahezu unbekannte Beifahrer im dunkelblauen Anzug teilt ihr mit, dass ihm das zu schnell geht. Mit ihr auszugehen habe einen seltsamen Hauch von Konvention und die möchte er mit ihr noch nicht erleben. So lange es geht, soll diese rückwärts ablaufende Art, sich kennenzulernen, bestehen bleiben.

Für den Rest der Welt wäre ein gemeinsames Abendessen wohl die erste Wahl, um einander kennenzulernen. Viel Zeit, um Fragen zu stellen, sich zu beobachten, dem Moment in einem Gefängnis ausgeliefert zu sein. Nicht für ihn. Nur weil sie sich unsicher damit war, habe sie danach gefragt. Ihr sei es auch lieber, wenn sie ihre Treffen auf körperliche und philosophische Inhalte beschränken. Beide müssen unweigerlich über diese Erkenntnis lachen, weil sie so absurd erscheint. Aber sie läuft gegen das System, ein kleiner anarchistischer Beitrag zum Zeitgeist.

Der Golf bleibt im Parkhaus an der Hauptwache zurück, als sie gemeinsam zum Hotel in die Landeshauptstadt fahren. Raus aus dem gewohnten Umfeld. Sie hat es ganz bewusst gebucht, billig ist es nicht. Schon bevor sie ihre Tasche und den Mantel im Foyer über den Arm gelegt hat, berührt seine Hand sanft bittend ihren Rücken und deutet an, sich in Bewegung zu setzen.

Hotelbar, ganz sicher.

Aber sie hat ja auch um alle unfairen Mittel gebeten. Die beiden Teilnehmer des Spiels sitzen sich an der Ecke des Tresens gegenüber und schweigen in Vorbereitung auf den Spielbeginn. Irgendwann dreht sie das Glas zwischen ihren Fingern, hebt es an und nippt daran.

Über den Rand des Weinglases hinweg sieht sie ihn mit einem Grinsen an.

»Schwarz, weiß, rot oder egal?«, fragt sie.

»Insofern Sie nicht die alte Flagge, sondern Unterwäsche meinen, alles davon.« Seine braunen Augen schmunzeln dabei fast mehr als sein Mund.

Sie trinkt Rotwein und er einen ihr unbekannten Bourbon. »Absätze?«

»Mindestens das, was Sie tragen.«

Das Fragespiel geht weiter, unverblümt und ehrlich.

»Strapse oder Halterlose?«, will sie neugierig wissen. Dabei ist das Gesprächsthema nur ein im Gesamtkonstrukt zu verstehender Bonus an Informationen.

Ein amüsiertes und irritiertes Kopfschütteln seinerseits. Die Antwort bleibt aus. Beides, ganz sicher, denkt sie.

»Ich mag es gerne auch mal härter«, sagt er leise in ihr Ohr. Kein Kommentar verlässt daraufhin ihre Lippen, ihr Blick geht besitzergreifend zu ihm rüber. Zum ersten Mal beginnt sie, sich nun in seinem Anblick zu verlieren, stellt fest, dass sie mit dem Feuer spielt. »Meine Haare sind nicht kurz, damit niemand daran ziehen kann. Ich vermisse es ab und an«, wirft sie mit diesem ganz besonderen, geheimnisvollen Ton ein. Wieder geht es weniger um irgendeinen Exzess, als um die reine Liebe zum Kopfkino.

Seine Augen gehen für einen kurzen Moment gedankenverloren und wortlos zu.

»Kiemen oder Lungen, alles dasselbe. Atmen wird so überbewertet, wissen Sie?«, merkt sie nebenbei an.

Er beugt sich zu ihr über die Ecke und berührt ganz leicht mit seinen Fingern ihren Hals. Nur eine vage Antwort auf ihre Andeutung. Dabei kommt er ihrem

Ohr so nahe, dass nur noch sie seine Worte versteht. »Sie erinnern sich noch sicher an das ungewöhnliche Safe-Word?«

Die Unbekannte im Kleid nickt und grinst, ihr Blick geht dabei ohne Fokus auf ihre Beine. Es ist ihr Spiel und es sind ihre Regeln, das weiß er nur noch nicht. Ohne ihm eine Antwort zu geben, steht sie auf und sieht ihn fragend an. Das Spiel geht auf, keiner bricht die Regeln und das schlechte Gewissen lässt sich gerade noch so mit einer Ladung Hormonen unterdrücken.

Doch schon als die beiden Versuchskaninchen das Hotelzimmer im vierten Stock betreten und die Tür hinter sich schließen, ändert sich die Laufrichtung im Spiel. Auf einmal ist sie da, die Unsicherheit der Situation, der Zweifel an der Richtigkeit der Verfahrensweise und die Frage nach dem wirklichen Ziel.

Wie festgefroren sitzen die beiden nebeneinander auf dem Rand vom Bett und sehen sich abgleichend an.

»Wird es unser Vorhaben zerstören oder uns näher zusammenbringen?«, fragt sie unsicher.

»Ich bin kein Freund von halben Sachen. Allerdings genieße ich das Mysterium, das an Ihnen klebt. Also, wenn es nach mir ginge, würde es nur fester werden, anstatt lockerer«, antwortet der ebenso verunsicherte Fremde. Da ist irgendetwas Unausgesprochenes im Raum, ein Haken, sie verrät sich gerade mit ihrem hilflosen Blick.

»Sind Sie seuchenfrei und so?«

Ein verwirrtes Lächeln überfährt sein Gesicht, die

Frage kommt ihm absurd vor, wenn auch berechtigt. »Für Sie habe ich alles, was Sie gerne hätten. Lepra, Krebs, sämtliche Geschlechtskrankheiten. Suchen Sie sich bitte was aus.«

Nun muss auch sie verlegen lachen. »Sie Blödmann«, frotzelt sie und verschränkt die Arme.

»Auf, stellen Sie mir bitte Fragen mit mehr Herausforderung. Oder fragen Sie etwas absurd Peinliches, ich mag Sie lieber, wenn Sie lachen!«, befiehlt er ihr. Sie tut pseudoambitioniert beleidigt, antwortet ihm, dass ihr aber leider nichts Peinliches einfiele, und wie viel er in der Hose habe wisse sie ja auch schon.

Er seufzt und sie macht ein lustiges Geräusch mit ihren Lippen, irgendwie klingt es nach emotionaler Warteschleife. Weil der Moment gerade zum Leerlauf wird und die Stimmung unangenehm zu kippen droht, ergreift er die Initiative und küsst ihre Schläfe. Seine Hand legt er dabei auf ihr Bein und sie ihre Hand auf seines. Keine fünf Sekunden später hat er sich ihre Wange entlang geküsst und ihre Lippen berühren seine. Denken verliert für einen Moment die Priorität und das gute Gefühl von vorhin kommt langsam zurück. Aus dem Kuss wird Umarmung und aus der Umarmung gegenseitiges Ausziehen. Diesmal ist das Licht nicht aus, wenn auch gedimmt.

Die kleine Reizüberflutung, die sie überfährt, wird durch einen hartnäckigen Gedanken in ihrem Kopf gemildert.

Plötzlich wird ihr ganzer Körper steif, die Unbekannte wieder unsicher. Weil ihr Gegenüber das bemerkt, verlieren sich ihre Küsse und seine Finger streicheln sanft ihr Gesicht.

»Möchten Sie was loswerden?«, fragt er sie verständnisvoll. Vielleicht, denkt sie sich, aber der Gedanke könnte auf einen Schlag alles zerstören. Deshalb winkt sie ihren Gedanken nur ab und schweigt ihn mit einem Lächeln tot. Eines von der müden Sorte, liebevoll und beinahe kraftlos. »Also ja?«, hakt er nach.

»Ich habe keine Geheimnisse, aber mein Leben ist anders, als Sie es vielleicht erwarten. Vielleicht kommen Sie nicht darauf klar.« Für einen kurzen Moment sieht er sie irritiert an, ihre Unsicherheit wird nur noch größer.

»Na, was denn? Haben Sie eine Bank überfallen, nehmen Sie Drogen oder sind Sie eine Massenmörderin?« Er lacht schon fast, während die Worte seinen Mund verlassen.

Sie schweigt, anscheinend belastet der Gedanke den Abend wirklich.

Eine Lösung muss her und deshalb gibt er ihr einen Vertrauensvorschuss. »Ich war mal richtig dick. Also so richtig. Deshalb hatte ich auch keine Freundin, bis ich vierundzwanzig war.«

Gar nicht schlimm, sei sie auch mal kurzfristig gewesen, entgegnet sie trocken.

»Wirklich? Wie viele Kilos sind Sie denn losgeworden?« Die Frage ist ihr unangenehm, aber sie beantwortet sie widerwillig. »Zwanzig. Und dreieinhalb«, erklärt sie. Dass er sie jetzt seltsam ansieht, hat sie ja schon erwartet, aber dass er ihr genau die richtige falsche Frage stellt, hat sie nicht erwartet.

»Dreieinhalb auf einmal und zwanzig später?«

Weil er leider oder zum Glück recht hat, nickt sie geknickt.

Unerwartet lächelt der Fremde mit der raumgreifenden Vergangenheit sie jetzt an und schüttelt ungläubig den Kopf. Dass er nicht schon eher darauf gekommen sei, verwirre ihn jetzt selbst.

»Ich kann Sie direkt zurück nach Frankfurt fahren, wenn das unüberwindbar sein sollte«, sagt sie leise. Dass sie jetzt Angst hat, hängen gelassen zu werden, ist offensichtlich. Bevor sie sich weiter rechtfertigt, küsst er sie zärtlich. Sie soll einfach aufhören zu denken.

Völlig aus dem Takt geraten, lässt sich der weibliche Teil der Beichtrunde in den Moment fallen. »Stört Sie das nicht oder ignorieren Sie dieses Geständnis weg?«

Seine Lippen berühren währenddessen ihren Hals, wandern langsam weiter abwärts. Seine Finger streicheln dabei ihren Arm.

»Was soll mich denn daran stören, dass Sie sich im Gegensatz zu mir bereits erfolgreich vermehrt haben?«, fragt er abgelenkt zurück.

Als seine Hand die Innenseite ihres Oberschenkels nach oben wandert, setzt sie sich aufrecht hin und sagt es, das Wort Stopp. Wie ferngesteuert verlassen seine Hände ihren Körper und machen eine angedeutete Geste der Ergebung.

»Spielen Sie mit mir?«, fragt die unsichere Unbekannte und erntet einen verständnislosen Blick von ihrem ebenso unbekannten Gegenüber.

»Wie kommen Sie darauf? Wenn das so wäre, würde ich nicht so lange auf Ihren Namen warten oder er wäre mir direkt egal gewesen!«

Sie kommt sich irgendwie albern vor, bereut ihre Skepsis. »In Ordnung.« Seufzend legt sie ihre Hände in den Schoß. Irgendwie war ihr das ja klar, aber geglaubt hat sie es dennoch nicht.

Weil die beiden feststellen, dass das Spiel so keinen Spaß macht, werden die Spielregeln geändert. »Erzählen Sie mir etwas über sich, bitte«, sagt er liebevoll, setzt sich hinter die Verunsicherte und umarmt sie.

»Was möchten Sie denn hören?« Zum ersten Mal seit Ewigkeiten passiert es, dass sich jemand wirklich für ihr Leben interessiert.

»Alles.«

»Die Mutterschaft war ein Unfall und der Erzeuger wenig begeistert. Der Nachwuchs ist jetzt fünf, wohnt mit in der WG, heute Abend ist er aber bei den Großeltern. Mehr will ich nicht erzählen.«

Der Unbekannte nimmt ihre Erklärung zur Kenntnis und streichelt ihre Arme. Reiche ihm auch soweit, sagt er. Dass ihm ein fremdes Kind nichts ausmache, betont er aber vorsichtshalber noch einmal. Jetzt schweigen sie sich an, eigentlich ist beiden nach mehr Nähe, aber die Unsicherheiten sind noch immer da.

»Wollen wir einen Deal machen?«, fragt sie in die Stille hinein.

»Ich höre?« Er macht eine gebieterische Handbewegung.

»Danach lassen wir das Sie weg, sonst komme ich mir total bescheuert vor.« Sie schmunzelt.

»Abgemacht«, folgt seine Zustimmung geflüstert. So langsam entspannt sich die Unbekannte mit Kind wieder. Das Streicheln ihrer Arme genießt sie merklich und lehnt ihren Kopf zur Seite. Eine Einladung für ihn, ihren Hals zu küssen. So unsicher sich vorhin der erste Moment in diesem Zimmer eröffnet hat, um so viel vertrauter gestaltet er sich jetzt. Keine Minute vergeht, bis die beiden Unbekannten sich wortlos ihrem Verlangen nacheinander ergeben.

*

»Hallo du«, sagt er, da hat sie die Augen noch nicht einmal ganz offen. Seine Finger fahren ihr Ohr entlang und ihr Lächeln erhellt definitiv seinen Tag.

»Selber, hallo du«, antwortet sie leise und verschlafen. Der Morgen vergeht beinahe gesprächslos und nach dem gemeinsamen Frühstück im Hotel fährt die unbekannte Mutter den ebenso unbekannten Du-Sager zurück nach Frankfurt.

»Sehen wir uns bald wieder?«, fragt er sie mit einem Lächeln.

»Um was zu tun? Sport oder Gedankenaustausch?«

Er muss lachen und drückt ihre Hand an sein Gesicht. »Gedankensport, die skeptische Dame. Wie wäre es mit einem Dinner heute Abend?«, schlägt er vor. Die Unbekannte bleibt skeptisch. Das ginge ihr nun wirklich zu schnell, sagt sie. Die beiden Autoinsassen lachen verlegen, immerhin geht es hier noch immer um ein umgedrehtes Date, den potenziellen Ausgang eines normalen Dates haben sie ja schon hinter sich.

»Um acht? Ich hol dich ab, wenn's recht ist«, sagt er. Das verlegene Lächeln der Fahrerin deutet der Beifahrer einfach mal als eine Zusage.

*

Seine lautlosen Fragen gehen ihm selbst auf die Nerven. Ob es heute noch zu früh sei, sie nach dem Namen zu fragen und wie er ihn dann finden werde. Vielleicht passt der Name in seinem Kopf auch gar nicht zu ihr? Er fragt sich auch, ob er ihr einfach seinen Namen ganz romantisch auf eine Serviette schreiben soll – oder, oder, oder. Aber bis er sich die Fragen selbst beantwortet hat, ist besagtes weibliches Mysterium bereits zu ihm ins Auto gestiegen.

Mit einem freudigen Lächeln und einem Kuss auf die Wange begrüßt sie ihn und fragt neugierig nach dem Ausflugsziel. Eigentlich hat er ja schon damit gerechnet, dass sie sich optisch in Szene setzen wird. Dass sie seine Vorstellung mit dem Wollmantel, dem weißen Cocktailkleid und den passenden Pumps dazu jedoch um Längen übertrifft, irritiert ihn ein wenig. Positiv, versteht sich. »Ich dachte, wir gehen in eine Ebbelwoikneipe, aber so, wie du aussiehst, glaube ich, sollten wir was Gehobeneres aussuchen ...« Er mustert sie dabei unfreiwillig ein wenig zu intensiv.

»Gefällt?« Die Antwort auf ihre Frage ist offensichtlich. »Ich bin übrigens trotzdem für die Ebbelwoikneipe«, fügt sie kurz darauf noch grinsend an.

Seine Augenbrauen gehen kurz hoch, ein wenig verwundert sieht er sie daraufhin an und nickt. »Dann eben Schweizer Straße, würde ich sagen.«

Nach einer Fahrt durch den Feierabendverkehr wird er nachdenklich, beinahe gespenstisch ist die Stille zwischen den beiden. Ihre Hand liegt warm auf seinem Bein und an jeder Ampel legt er seine Hand auf ihre. Nachdem er einen Parkplatz in der Textorstraße gefunden hat und beide ausgestiegen sind, treffen sich kurz ihre Blicke.

»Wird das ein Enthüllungsmoment?«, fragt er vorsichtig an.

»Ich weiß es noch nicht, eigentlich finde ich es ja so noch ganz spannend, du nicht?«

Eigentlich findet er das in Ordnung so, aber so langsam brennt ihm die Neugierde unter den Nägeln. »Wie du möchtest«, stellt er ihr den Verlauf des Abends in Aussicht.

Nach wenigen Minuten zu Fuß erreichen sie den Wagner und finden in der linken hinteren Ecke noch eine freie Bank. »Ist das ein Teil deines Erbgutes oder bist du ein zugezogenes Apfelweinopfer?«, will sie wissen und lacht. Dabei legt sie ihren Mantel über den

Rand der Bank und setzt sich.

»Nein, nein. Ich bin ein heimisches Pantoffeltierchen. Ganz sicher.«

»Bist du in Frankfurt geboren?«

»Hanau.«

Ihrer Meinung nach ist das schon gefährlich nah am Feindland, aber gerade noch in Ordnung für sie.

»Und du? Direkt aus Frankfurt?«, fragt er sie im Gegenzug.

»Klar«, sagt sie. »Direkt in Sachsenhausen geboren. Meine Tochter übrigens auch, also alles im grünen Bereich.«

»Mädchen?«, hakt er noch einmal nach.

»Ja, ein Mädchen«, antwortet sie mit diesem seltsamen, melancholischen Klang in der Stimme.

Daraufhin nimmt er ihre Hände in seine und zieht sie langsam ein Stück zu sich rüber. »Erzähl mir was über dein Leben.«

Ihr trauriges Lächeln wird bald zu einem Grinsen. »Ich hasse roten Nagellack, aber rote Lippen finde ich gut. Mit Technik kann ich gar nicht, wie man ja schon an der Mikrowelle gesehen hat. Ach ja, ich finde Fußball auch scheiße, aber bei der WM war ich auch geschminkt und hatte ein geliehenes Trikot an.«

»Alles klar, für Fußball habe ich so oder so keine Zeit, also keine Panik. Und was magst du so außer rotem Lippenstift?«

»Dich zum Beispiel. Pizza ist auch ganz weit vorne dabei.«

»Ist Pizza besser als ich?«

Langsam löst sich die Anspannung wieder ein wenig. Als sie im Begriff ist, ihm mit einem überzeugten »Na klar!« zu antworten, wird das Gespräch unterbrochen. Hinter dem unbekannten Begleiter steht plötzlich ein Typ im Karohemd, wahrscheinlich in ihrem Alter. Das ist so einer von der Sorte von-oben-bis-unten-durchgestriegelt, ein Schwiegermuttertraum ohne wirkliche Ausstrahlung. Der Störenfried hat seine Hand auf der Schulter ihres Dates abgelegt, damit er Aufmerksamkeit bekommt. In ihrem Kopf vergeht der Moment in Zeitlupe, und ohne sich dagegen wehren zu können, verfolgt sie die Unterhaltung.

»Flo, was machst du denn hier?«, fragt der dritte Unbekannte und im Nu gesellt sich ein vierter Unbekannter dazu, der sich ebenfalls nicht vorstellt. Ganz offensichtlich sind die beiden ehemalige Arbeitskollegen ihres Dates, denn sie reden kurz über die Arbeit und darüber, dass er noch immer im Team fehlt. Umso länger das belanglose Gespräch dauert, desto mehr versinkt sie in ihrer Enttäuschung. Die Enttäuschung darüber, dass ein gelackter Schnösel rücksichtslos die eine Hälfte des Mysteriums gelüftet hat. Sie ist so in ihrem Gedanken versunken, dass bereits ein winziger Funken ausreichen würde, um das Inferno ihres Wutanfalls zu entfachen. Ehe es dazu kommt, stockt ihr der Atem, die auflodernde Flamme erstickt im Keim. Sie bemerkt den hilflosen Blick ihrer Begleitung und schnappt ein paar Worte aus der Unterhaltung auf, die sie in Panik versetzen. »… und dann hat der Caspari echt noch vor dieser Sache mit Nizza seine Alte sitzen lassen. Du weißt schon, diese Bibliothekentante, mit der er das Kind hat. Angeblich hat er schon wieder eine an der Backe, die er von vorne bis hinten verarscht – passt ja zu ihm. Hast du mitbekommen, dass er schon wegen Verdacht auf Plankonkurs in der Scheiße steckt?«

Bevor Unbekannter Nummer drei seine Informationsflut beendet hat, wirft Nummer vier etwas von der Seite ein. »Sag mal, hatte diese Trulla mit dem Kind nicht so einen komischen Namen? Ich meine, die hätte irgendeinen Wochentag als Nachnamen, oder so.«

Stille am Tisch.

Unbekannter Nummer eins, der offensichtlich auf den Namen Flo hört, räuspert sich und versucht die Situation zu entschärfen. »Seid mir nicht böse, aber können wir die Unterhaltung über diesen Heinz nicht auf wann anders schieben? Eigentlich würde ich meinen Feierabend gerne mit meiner geistreichen und hübschen Begleitung verbringen anstatt mit Geschichten über die Arbeit.«

Die beiden ungebetenen Besucher schauen sich kurz verwirrt an und fühlen sich offensichtlich gerade dezent deplatziert. »Klar, kein Thema«, sagt Unbekannter Nummer drei und wird dabei schon vom Unbekannten Nummer vier unterbrochen, der besagter geistreichen Begleitung zuwinkt und sich vorstellt. »Ich bin übrigens der Thorsten und der andere da ist der Basti. Flo hat gar nicht erwähnt, dass er endlich wieder Kapazitäten für

Frauen hat – wer bist du denn, wenn ich fragen darf?«

Einen ewig langen Moment starrt die noch Unbekannte in die Runde und als sie den leeren Blick von Flo bemerkt, ist es ihr eigentlich bewusst. Er weiß, wer sie ist, und deshalb ist es auch egal, was sie jetzt sagt. Um nicht unhöflicher zu erscheinen als der Rest der Runde, löst sie ihr eigenes Mysterium gezwungenermaßen auf. Dabei steht sie langsam auf und nimmt ihren Mantel und die Tasche von der Bank. Bereit zu gehen steht sie da und fühlt sich nicht nur beobachtet, sondern einfach nackt.

Seelisch nackt.

»Mein Name ist Toska Freitag, ich arbeite in der Bibliothek und bin alleinerziehend. Zu Hause warten Verpflichtungen auf mich, ich gehe jetzt besser, es ist ja schon spät«, sagt sie trocken. Ohne einem der sprachlosen Herren einen Blick zu schenken, verlässt sie die Runde.

Schon kurz nachdem sie aus dem Wagner raus ist, überfällt sie die Wut auf sich selbst. Sie ist sich sicher, dass das Sozialexperiment nicht nur gescheitert ist, sondern noch ein unangenehmes Nachspiel haben wird. Während ihr das bewusst wird, klingelt ihr Telefon in der Tasche vor sich hin. Sie will nicht abnehmen, es gibt gerade eh nichts zu sagen. So schnell sie kann, läuft sie die Straße zur nächsten Straßenbahnhaltestelle entlang. Bis zur nächsten Bahn sind es zehn Minuten und angesichts der Temperaturen passt sich das kalte Gefühl an ihren Beinen gut an das in ihrem Inneren an.

Weitere fünf Minuten lang klingelt ihr Telefon immer wieder vor sich hin und bleibt unbeachtet. Die Fahrt kommt ihr ewig lange vor und die Gedanken drehen sich im Zeitraffer um die letzten Tage.

Schwer und leer fühlt sie sich, und zu Hause angekommen, sitzt sie noch eine Ewigkeit im Mantel auf dem Sofa. Das Licht im Flur ist an und wirft den Schatten der Zimmerpalme an die Wand. Ihre Gedanken drehen sich weiter um den Abend, eigentlich war es ihr klar, dass irgendwann etwas schiefgehen musste. Die Vorwürfe an sich selbst reihen sich aneinander, sie hätte das vielleicht doch anders angehen sollen. Die Bindung, die sie aufgebaut hat, ist schon viel zu intensiv, um das Ereignis einfach sang- und klanglos totzuschweigen. Eine Erklärung ist sie ihm schon schuldig, findet sie. Wenigstens eine Entschuldigung dafür, dass sie sich nicht getraut hat, ihm von Leni zu erzählen.

Nach einer längeren Überwindungsphase holt sie das Telefon aus der Tasche und plant, eine Nachricht zu verfassen. Bevor sie ihr Vorhaben umsetzen kann, starrt sie auf den Berg an Benachrichtigungen.

Fünfzehn verpasste Anrufe und zwei SMS.

In der ersten steht nur ein Fragezeichen.

Die zweite verwirrt sie.

»Mein Name ist Florian Sondtmann und ich bin in Toska Freitag verliebt. Ich hoffe, die Frau mit dem tollen Namen und dem bestimmt ganz tollen Kind (egal von wem!) liest meine Nachricht.«

Ihre Antwort fällt anders aus als geplant. »Toska

Freitag schämt sich und möchte im Erdboden versinken.«

Kurz darauf schreibt er ihr: »Florian Sondtmann bittet um eine versöhnende Audienz bei Toska Freitag. Sofern sie ihn noch will?«

»Toska Freitag ist enttäuscht von sich selbst und weiß nicht, was sie will ...«

»Florian Sondtmann findet seinen Namen jetzt nicht so porno wie den von Toska Freitag, aber so schlimm, dass man sich gleich trennen muss, ist er nun auch wieder nicht!«, stellt er klar.

»Du Doofmann ...« Ein leichtes Schmunzeln überfällt ihre Lippen.

»Sondtmann, nicht Doofmann. Aber für dich heiße ich auch Vollidiot mit Vollpfostenkollegen. Darf ich jetzt reinkommen?«

»Nein! Ich bin nicht gesellschaftsfähig. Außerdem sehe ich aus wie ein Panda, so verheult bin ich.«

»Dann muss ich bei deinem Nachbar klingeln, werde ihm sagen, dass ich der Lieferant für die neue Mikrowelle bin!«, droht er. Weil er sowieso nicht nachgeben wird, erhebt sie sich langsam vom Sofa und läuft zur Haustür und überwindet sich nach einer Weile, den Summer zu drücken.

Nach ein paar Sekunden vibriert ihr Telefon. »Dingdong!«, steht in der Nachricht.

»Ich mag nicht aufmachen ...« Dabei weiß sie, dass er bereits hinter ihrer Wohnungstür steht.

»Mir ist kalt«, folgt die nächste Nachricht von ihm.

»Nur ausnahmsweise!« Sie öffnet danach die Tür einen Spalt, durch den sie vorsichtig ihre flache Hand schiebt. Auf der anderen Seite reicht ihr das Treppenhausphantom seine Hand entgegen und ganz langsam öffnet sie jetzt die Tür, um den Gast hineinzulassen. Ihre Hände berühren sich noch immer, als sie sich, bereits im Flur stehend, in die Augen sehen.

»Guten Abend, die Dame, ich bin Flo«, sagt er und schüttelt ihre Hand.

»Guten Abend, der Herr. Ich bin doof«, antwortet sie verlegen.

»Na, Gott sei Dank, Frau Doof. Ich dachte schon, ich müsste mich schlauer stellen, als ich bin!«

Für einen Moment grinst sie den Fußboden an und schüttelt den Kopf, ehe sie seufzt und sich umarmen lässt.

Anhang

Diese Geschichte enthält Elemente, die durch ein Grundwissen über die Gesprächsthemen der Protagonisten leichter zu verstehen sind. Hier einige Anmerkungen:

›Gottkomplex‹ ist ein Wort für die potenziell narzissmussteigernde Auswirkung von Kokain auf das Verhalten des Konsumenten.

In ihren Gesprächen nehmen die Protagonisten Bezug auf den Künstler Jörg Immendorff (und dessen Lebensgefährtin Oda Jaune), über den Tilman Spengler in seinem Buch ›Waghalsiger Versuch in der Luft zu kleben‹ geschrieben hat.

›Fischgesellschaft‹ lautete der Titel der Kunstausstellung der Künstlerin Gosia Michalak-Stephan, die Ende 2015 im Literatur-Café Ypsilon in Frankfurt stattgefunden hat.

Dem Wort ›Schrödingereffekt‹ liegt das Katzenexperiment des Physikers Erwin Schrödinger zugrunde. Hierbei geht es um die Frage nach dem Zustand der Katze, ob sie gleichzeitig tot und lebendig sein kann.

Das Kapitel Goethe spielt am Goetheturm in Frankfurt Sachsenhausen und bezieht sich sprachlich auf Goethes Werk Faust I.

Auch auf den US-amerikanischen Künstler Jackson Pollock wird in der Geschichte Bezug genommen. Er war Maler des abstrakten Expressionismus und wurde u.a. durch seine Action-Paintings bekannt.

›Bartleby & Co.‹ Ist ein Buch des spanischen Autors Enrique Vila-Matas. Es ist thematisch an die Erzählung ›Bartleby, der Schreiber‹ von Herman Melville angelehnt. Die Geschichten handeln von Schreib- und Lebensverweigerung.

Carlos Schwabe und Ernst Ferdinand Oehme waren Maler der dunklen Romantik, eine Epoche des Symbolismus und Surrealismus. Im Städel Museum in Frankfurt gab es 2012 eine Ausstellung zu dieser Kunstrichtung.

Über die Autorin

Nika Sachs ist 1987 in Frankfurt am Main geboren und lebt mit ihrer Familie unweit ihres Geburtsortes. Bereits in der Kindheit und Jugend zeichnete, sang und schrieb die vielseitig kreative Synästhetikerin. Neben Erzählungen und Bilderbüchern für Kinder schreibt sie leidenschaftlich gerne über das Komische und Unkonventionelle des Alltags.